AF369364

Huellas en el camino

Carlos Esparza-Deister

EDIQUID

HUELLAS EN EL CAMINO
© Carlos Esparza-Deister

Editado por: Corporación Ígneo, S.A.C.
para su sello editorial Ediquid
José Olaya 169, Ofic. 504, Miraflores. Lima, Perú
Primera edición, junio, 2025

ISBN: 978-956-6404-71-2

www.grupoigneo.com
Correo electrónico: contacto@grupoigneo.com | Teléfono: +51 955 071 270
Facebook: Grupo Ígneo | X: @editorialigneo | Instagram: @grupoigneo

Instagram: @carlosesparzadeister
X: @carlosaesparza
esparzadeister@gmail.com

Colección: Nuevas Voces

Contenido

*A la memoria de José Santos Esparza Muñoz y
Margarita Virginia Deister Mateos.
Mis ejemplos de ser felices a su manera.*

*Gracias, Minita, por tu amor y apoyo incondicional.
A Katia, Karla y Carlos, impetuosos catalizadores
de mi vida. Los amo.*

Huellas de Blas

1

Luego de discutir con su esposa, Blas azotó la puerta. Ofuscado, subió al auto y se marchó a toda velocidad. Condujo por largo rato en un ambiente gélido; el frío calaba hasta los huesos. Recorrió la ciudad sin rumbo fijo mientras recordaba, una y otra vez, aquella discusión. La radio del automóvil reproducía canciones melancólicas, algunas reflexivas, pero luego el ritmo cambiaba a melodías guapachosas y frases repetitivas.

Divisó un letrero verde que señalaba el camino hacia Santa Bárbara, su pueblo natal; decidió visitarlo, no deseaba regresar a casa. Aunque su padre le había enseñado a afrontar los problemas, esta vez decidió posponerlo.

•••

Comenzó a anochecer; nevaba ligeramente en el monte. Una mujer preocupada, con varios meses de embarazo, buscaba a su marido, quien había ido por leña. De pronto, un fuerte dolor en el vientre la hizo caer. El esposo, que ya regresaba, la vio derrumbarse; corrió hasta ella y comenzó a salir líquido de su cuerpo. Angustiado, fue en búsqueda de Chonita, la partera que vivía cuesta abajo.

Instantes después llegó acompañado de una mujer madura que jadeaba por el esfuerzo de subir tan rápido. Se acercó a la embarazada, quien no había perdido el conocimiento. Luego de una breve revisión, inició su labor en pleno cerro; más tarde, un varoncito nacía en medio de la nieve.

—No sé cómo soportaron ese frío, papá… y mi abuela. No tuvieron de otra —dijo en voz muy baja.

Cuando iba a tomar la carretera hacia Santa Bárbara, un rechinido de llantas lo sobresaltó. En ese instante, los rayos de sol comenzaron a desaparecer detrás de imponentes montañas, que aún lucían rastros blancos de una nevada caída cuatro días atrás.

De pronto, varias imágenes de su vida comenzaron a desfilar por su mente. No supo por qué, pero destacó la figura de Pedro. En ese momento, comenzó a nevar con poca intensidad.

Pedro fue mi mejor amigo de la infancia; era un niño singular. Siempre andaba sucio, le huía al agua de regadera. Cuando no andaba en los cerros atrapando arañas, bichos raros, ardillas o ratones, estaba jugando béisbol en el estadio infantil del pueblo. Por chaparrito y apestoso, le llamábamos Zorrillo. Era tremendo beisbolista, tanto, que hasta tenía fans: un grupito de niñas lo apoyaba todos los domingos cuando jugaba en la poderosa liga infantil de Santa Bárbara.

A Pedro le encantaba ver a esas chiquillas coreando su nombre, pero en una ocasión me aseguró que preferiría ver en las gradas a sus padres. Eso era poco probable. Su papá era Joaquín, uno de los borrachines del pueblo, simpático y parlanchín, pero cuando estaba sobrio, casi no hablaba con nadie; era hosco y monosílabo. La mamá también era callada; su rostro moreno reflejaba sufrimiento. No recuerdo haberla visto sonreír.

Vendía dulces afuera de la primaria 20 de noviembre. Todos los días permanecía en la puerta principal con su canasta, desde la hora de entrada hasta la salida. Zorrillo siempre me daba consejos para jugar mejor. No me servían de mucho, porque el béisbol no se me daba; pero le agradecía llevándolo a comer a mi casa. Mi madre siempre lo recibía con gusto; a veces hasta le regalaba ropa que ya no me quedaba.

En secundaria nos tocó en el mismo salón. Nos llevábamos igual, tal vez hasta mejor. Luego se nos unió Luis, convirtién-donos en amigos inseparables; pero al pasar el tiempo, Pedro se fue distanciando. Continuó siendo un gran beisbolista, tanto que Rodolfo Ruiz, el más rico del pueblo, lo invitó a su pode-roso equipo.

Al finalizar los partidos, por tradición, perdieran o ganaran, Ruiz compraba mucha cerveza. Pedro era todavía un chiquillo, y aunque al principio la rechazaba, terminó cayendo; un día dejó de ir a la escuela y jamás regresó.

Transcurrió el tiempo y llegó la graduación. Después de re-cibir un papel en blanco enrollado con un listoncito rojo, que simbolizaba el certificado, Luis y yo, emocionados, nos alistába-mos en mi casa para el baile. A falta de Pedro, Luis se convirtió en mi mejor amigo. El gran evento sería en el 2-48, el salón más grande del pueblo.

El nombre derivaba de su situación geográfica: calle 2 de abril, número 48. Tenía una pista de baile alargada, con mesas en ambos costados; al fondo había un templete de cemento. Era un sitio multiusos: a veces se presentaban obras de teatro y algunos presidentes rendían su informe allí. Pero sobre todo, escenario de peleas entre bravucones de bailes, por eso muchos le llama-ban el Box Cuarenta y Ocho.

Más tarde, en el salón, mis padres se dirigieron a la pista, donde ya estaban Luis y Adriana, moviendo la cadera al ritmo de una cumbia que tocaba Tiempo California, el grupo musi-cal más famoso de la región. Quedé solo en la mesa. De pronto, vi a Pedro que se aproximaba tambaleante. Lucía avejentado. Cuando estuvo cerca, me jaló para luego abrazarme, fue más para sostenerse que para felicitar. Sentí pena por él, ya no era aquel chavito atlético.

—Felicidades, Blas. Logaste lo que pude… lo que yo no pude.

—Gracias, Pedro, pero si hubieras regresado a la escuela también estarías graduándote.

—No tenés por… qué humillar güey… mendigo presumido —respondió molesto—. Tuve motivos… pa no regresar. Adiós, güey —dijo al tiempo que se alejó.

Quise detenerlo para que me platicara por qué no volvió a la escuela, pero lo dejé ir; estaba demasiado ebrio. Ya al día siguiente lo buscaría y hablaríamos como buenos amigos. En ese instante, llegó Rita, acompañada de su hermana mayor; sus divinos ojos azules hipnotizaban a cualquiera. Rápido fui a invitarla a bailar, pero cuando me iba acercando, vi con desilusión que Saúl se adelantó. Tuve que seguir mi camino, fingiendo que iba al baño.

Al entrar, observé a Pedro vomitando. Esperé un instante a que levantara la cabeza. Cuando me vio, distorsionó su cara, luego estiró su brazo mostrándome su «dedo cordial». No tenía caso intentar un acercamiento en ese momento. Salí del baño algo desconcertado por su actitud; pero cuando vi a Rita en la pista de baile, todo se me olvidó.

Estaba dispuesto a buscar la oportunidad de bailar con ella, pero la ocasión nunca llegó; Saúl fue su perro guardián durante toda la noche. Lejos de molestarle, se veía que a ella le agradaba, pues sonreía coquetamente. Pero eso no iba a amargar mi último baile de secundaria, decidí incorporarme a la rueda que habían formado mis amigos en la pista. Traté de divertirme al máximo, aunque de vez en cuando echaba una mirada a Rita.

Entre tandas de baile, fotos, bromas, carcajadas y dos cervezas que me permitió tomar mi papá, finalizó la graduación. En ese instante, el salón estaba a reventar y había tanto humo de cigarro que, sumado al calor, daba la sensación de estar en un baño sauna. Esto era ocasionado porque, en las bodas, quinceañeras o graduaciones nocturnas realizadas en el pueblo, después de las doce, mucha gente llega sin haber sido invitada, y quienes vigilan la entrada del salón los dejan pasar a cambio de una propina.

Entonces, cuando está a punto de terminar el evento y las luces comienzan a encenderse, aparecen extraños personajes, algunos con vestimenta no acorde al evento, casi siempre de fútbol o béisbol. Al terminar sus juegos, se van a las cantinas y cuando estas cierran, algunos ya muy borrachos, terminan con un uniforme deportivo oloroso en el baile, tratando de conquistar a bellas damas o lo que se les parezca.

Como en mi graduación, donde Armando, reconocido beisbolista de la región terminó bailando de cachetito la última tanda con Chu Rosas, un borrachín que, cuando tomaba, dejaba salir la mujer que llevaba dentro. En cuanto la luz iluminó el rostro de su acompañante, Armando gritó horrorizado, lanzándole un golpe. Pero estaba tan borracho que falló, dando oportunidad a que Chu huyera. Mientras tanto, varios de sus amigos, entre carcajadas, palmeaban a Armando para que se tranquilizara.

Al salir, divertidos todavía, vimos a cierta distancia que Zorrillo discutía con Chabelo, un hombre mayor que él. Luego iniciaron una pelea a golpes. La diferencia de edades y lo borracho que andaba Pedro, estaba siendo aprovechado por su contrincante, dándole una paliza. Al ver esto, papá fue a defenderlo, pero de pronto mi amigo sacó de su chamarra una pequeña navaja y atacó su brazo. Al sentirse herido, Chabelo aulló y luego cayó. Pedro salió corriendo. Dos policías que estaban de guardia fueron detrás de él, pero, dada su vejez, Zorrillo se les escapó.

Más tarde, apareció el doctor Pío, único médico del poblado. De inmediato revisó al lesionado y al diagnosticar que la herida no era grave, le puso un parche de gasa mal pegado. Chabelo se puso de pie y el doctor le pidió que fuera a su consultorio para ponerle unos puntos de sutura.

Zorrillo desapareció; nunca más lo volví a ver. Durante un tiempo, tuve sentimientos de culpa por no haberlo ayudado cuando lo vi tan mal en el baño. Nunca supe qué pasó con él, pero tuve la sensación de que a partir de esa noche su vida había tomado un rumbo sombrío, que quizás pude evitar de haberlo ayudado.

• • •

Los recuerdos continuaron agolpándose en la cabeza de Blas, mientras los limpiaparabrisas de su auto iban de un lado a otro, luchando contra el blanco enemigo.

• • •

En la prepa, la mayoría se peinaba de la misma manera, escuchaban el mismo tipo de música, usaban el mismo modelo de tenis y pantalones. Parecía que todos habían salido del mismo molde.

Luis y yo dizque éramos diferentes. Fanáticos del *rock*; según nosotros nos gustaba ser auténticos, amábamos ir contracorriente, distinguirnos de los demás por nuestra forma de ser, vestir y hasta peinar. Aunque muchos nos criticaban, varios admiraban nuestra imagen media *hippie*. Juramos nunca cambiar, siempre ser originales, andar por la vida sin falsas caretas y, sobre todo, nunca caer en las garras del materialismo.

El hermano mayor de Luis vivía en Estados Unidos. En una ocasión en que fue al pueblo, lo invitó a irse con él. Mi amigo, impresionado por la llamativa camioneta y los billetes verdes que presumía a cada rato, decidió irse, sin importar que faltaban pocos meses para graduarse de preparatoria.

No volví a saber nada de él hasta unos años después. Comía unas quesadillas en el puesto de don Gus, algunos les llamaban repollinas, pues les ponían un trozo diminuto de queso y luego las retacaban de repollo, después agregaban mostaza y una salsa deliciosa, pero muy picosa. La diarrea estaba asegurada al día siguiente; aun así, era un antojito imprescindible en la región.

Había llegado un día antes de la capital donde estudiaba para pasar el fin de semana en el pueblo. Mientras devoraba una quesadilla, de pronto apareció una persona con sombrero negro, camisa rosa fluorescente, estampada con varios dibujos dorados de caballos, y una pequeña mochila amarilla colgando de su cuello.

Me sorprendí un poco, pero continué comiendo. Se detuvo a mi lado para pedir su orden. Su manera de hablar hizo que lo mirara; casi escupí el bocado. ¡Era Luis!, quien también me reconoció.

—¡*Juatsap*, men! ¿De qué la giras, bato? —preguntó sonriendo, tomándome del hombro.

—Estoy en la universidad, allá en la capital. Estudio Derecho.

—¿*Riily*? ¡Pos yo estoy recién desempacadito del chuco! —exclamó—. Llegué antier.

—¡Qué bien! —dije mirando un tatuaje en forma de lágrima que tenía en el rostro—. Y sigues en...

—¡En Kansas! —interrumpió—. Allá vive mi hermano, si te acuerdas de él, ¿no?

—Sí, claro. ¿Y qué tal Kansas?

—Muy bien, ¿pues no me ve, compa? —expresó alzando ambos brazos—. Pero se dice *Kiansas* —corrigió con un forzado acento norteamericano.

—¡Oh! Como nunca he ido para allá, ignoro la perfecta pronunciación.

—¡Ah, vaya! Se nota *yur bad inglish* —comentó sonriendo—. Y no te me vas a escapar, compa. Ahorita nos vamos por unas *biirs*, pa echar la platicada.

Devoré la última quesadilla que estaba en mi plato y lo seguí. En Santa Bárbara sobran las cantinas. Al dar la vuelta en la esquina encontramos una; era temprano, el lugar estaba vacío. De inmediato, Luis pidió dos cervezas al cantinero, un chaparrito, algo regordete y de cara muy alargada, a quien le apodaban el Pingüino.

El sitio era pequeño y un tanto lóbrego, solo tenía una ventanita. Al fondo, una rocola con foquitos multicolores fungía como lámpara intermitente. No dejaba de tocar música ranchera a volumen moderado. Junto a ella se encontraba una mesa de lámina con dos sillas, adonde fuimos a sentarnos. Una vieja barra de madera y varios bancos forrados en vinil rojo apretaban más el lugar.

Mi amigo se bebió de inmediato la cerveza, pidiendo otras dos. Yo todavía no tomaba ni la mitad de la primera. Dio un trago largo a la segunda botella y comenzó a platicar de su vida en Estados Unidos: tenía tres trabajos; en la mañana, mesero; por la tarde, carpintero, y ya en la noche, velador de una fábrica. Siempre andaba acompañado por una mochila, donde guardaba la ropa apropiada para cada empleo. Manifestó que ya estaba medio traumado y hasta en vacaciones cargaba con ella. Sonriendo, levantó su mochilita amarilla para mostrármela y luego la aventó a un lado.

Me confesó que era un fiasco como velador, pues llegaba tan cansado que se quedaba profundamente dormido. Gracias a ese empleo se ahorraba la renta. Todos los días se levantaba antes de que llegaran los trabajadores, se aseaba y luego se iba al restaurante para iniciar la jornada.

De pronto, con ojos vidriosos, relató que unas semanas antes de casarse con Esther, una estilista colombiana, morena, de ojos verdes y con un trasero descomunal, según contó, fue asesinada por su exnovio, un vendedor de drogas que acababa de salir de prisión. Al enterarse de que se casaría, enloqueció.

—¡*Damet*! Es lo peor que me ha pasado, Blas. Después de que la enterramos, anduve vagando por *Kiansas* como seis días... o ¿fueron más? Ni me acuerdo. Andaba como *homlis*, pordiosero, pues, hasta que me encontró *may broother* y pos me alivianó. Si no hubiera sido por él, no estaría aquí.

»Lo bueno es que en los *works* agarraron la onda y me dieron quebrada de regresar... hasta en el de velador —sonrió, al tiempo que pidió otra cerveza—. Al ratillo, compa, fui a un *tatuus-hop* y pedí que me pusieran esta lágrima eterna. Pues no podía pasarme la vida llorando. Quería tener algo que me la recordara siempre. La amé *tuuu mosh*.

Al decir eso, se quedó muy pensativo, luego movió de un lado a otro su cabeza, haciendo una mueca de desaprobación.

Las cervezas comenzaron a surtir efecto en Luis. No paró de hablar por un largo rato; mientras yo solo asentía o negaba con la cabeza. Comprendí que en Kansas no tenía muchos amigos con quienes platicar ni tiempo para hacerlo. Gustoso dejé que se desahogara, pues todavía lo consideraba un gran amigo. Además, me daba una idea de las dificultades que pasan los que van en búsqueda del eterno sueño americano.

—¿Recuerdas que una vez pactamos no imitar a nadie, ser muy originales? Éramos dizque rockeros jipiosos —evocó Luis sonriendo.

—Sí, claro que me acuerdo…

—¡*Yu nou*! Ahora todo ha cambiado —suspiró mirando la botella que traía en la mano—: el pueblo, la gente, tú… yo.

—Sobre todo tú. Te veo tan diferente al que se fue. Presumías de ser muy auténtico para vestir, pero regresaste siendo una imitación de los paisanos. Decías que el sombrero y las botas eran para rancheritos montaperros, y mírate ahora.

—Tienes razón, Blas. He cambiado mi forma de vestir, pero todo tiene un porqué. No te imaginas lo que se sufre allá, lejos de tu tierra, tu raza, tu comida, tu música —argumentó al momento de quitarse el sombrero y ponerlo sobre la mesa.

»¡*Yuu nou*! Cuando vives en México, presumes que escuchas puras canciones en inglés, como lo hacíamos nosotros; pero estando allá te entra el *mexican praid*. Nada más oyes mariachi, *mexican miusic*, y se te enchina el cuero. Si antes no te gustaban, terminan encantándote.

»Por eso los grupos norteños, bandas y todo lo que tenga que ver con *Mexicou* son tan exitosos allá. Cuando hay conciertos, se va toda la perrada a recordar sus raíces. Tú y yo de alguna manera queríamos ser como los gringos, nos sentíamos muy originales haciéndolo —en ese momento hizo una pausa para pedir a Pingüino que le llevara una botella del mejor tequila que tuviera y continuó platicando:

»Pero estando en gringolandia, es al revés. Se te antoja andar de sombrero, botas, camisas vistosas, ropa verde, blanca y roja; demostrar que eres mexicano hasta el tuétano. Varios lo hacen aun siendo mojados y arriesgándose a que los agarre la migra, pero el orgullo de ser mexicano pos lo vale —aseveró sonriendo.

En ese instante, llegó el cantinero con el tequila.

—Pero no todos los que se van se sienten orgullosos de sus raíces.

—Claro, hay paisas que aman *yuesei*, piensan como gringos —afirmó mientras le arrebató al cantinero la botella y bebió directamente de ella—. Son *ameerican citizzen*, están arraigados ni pelan México; muchos de ellos llegaron muy chavalitos, como quien dice: allá nacieron.

—Tienes razón, juzgué tu apariencia, y de cierta manera sigues siendo el mismo.

La forma de vestir es lo de menos.

—¡*Dats it*! Cambié solo de apariencia, pero de aquí —señaló su sien—, pos muy poco…

—Pero hay muchos que sí vuelven muy cambiados, de mentalidad y vestimenta. El que se va humilde regresa bien mamilas, soberbio, creyéndose rey, nomás porque trae dinero; la que era casi monjita y casi ni salía, regresa bien loquilla, y algunos hasta cometen delitos allá y vienen como si nada a su pueblo.

Luis se quedó reflexionando, después inhaló profundo.

—¡*Of cuurs*! —respondió sacando el aire contenido—. Pero si alguien es realmente humilde, nada ni nadie lo puede cambiar. Los que regresan soberbios son montonales, pero su comportamiento tiene un motivo.

»Conste, no los estoy defendiendo, pues hay algunos muy mamilas, como bien dices, pero mira: se van sin un centavo y comienzan a ganar dólares. Si son ahorradores, juntan una buena lanita. Después regresan a su pueblo, que sigue igual o más jodido, y con lo que cuesta el dólar, pos se sienten *powerfuls*, casi como Superman.

—Así es, y tratan de apantallar con sus camionetotas, un sonidazo, ropa de marca; pero fíjate una cosa, son como la Cenicienta, porque aquí se dan vida de reyes una temporada, pero el hechizo termina en cuanto regresan, convirtiéndose en lavaplatos, meseros o jardineros; que no digo que sea malo; al contrario, su trabajo es muy importante en Estados Unidos, pero el estilo de vida que llevan aquí y allá muchos de ellos se me hace incongruente. Tienes razón, una persona con firmes convicciones, nada ni nadie la hace cambiar —dije levantándome para ir al baño.

Al regresar, observé sorprendido que el Pingüino se dirigía sonriente a nuestra mesa, llevando otra botella de tequila.

—¡Híjole, Luis! ¡Es demasiado!

—A lo mejor, Blas, pero hay que aprovechar. ¡*Yuu nou*! Cuando estás allá y te echas unos tragos, pos sí los disfrutas, pero no se compara con hacerlo aquí. Por eso quiero emborracharme contigo y también con estos güeyes —manifestó señalando a su alrededor. En ese momento, ya había algunos clientes en la cantina, casi todos mineros que terminaban su jornada—. Aunque ni los conozco ni ellos a mí, pero son raza de mi pueblito querido. *Dats important tu mí.*

—Entiendo, pero ¿no se te hace que vas a gastar demasiado en esto? —dije señalando la botella recién llegada.

—Para nada, y si se acaba, pos pido más.

—Pero trabajaste muy duro para ganar el dinero que traes, como para gastarlo en borracheras.

—Agradezco tu preocupación, *mayfrend*, pero no hay bronca. Vine a darme estos lujos y a compartir mi *mony* con amigos como tú —dijo sirviéndome un tequila—. Mira, como bien dices, muchos somos *zindirelazz* con duras jornadas. A veces los gringos nos humillan, pero no me vas a creer: quien te pone el pie a cada rato pa que te caigas son los mismos paisas que se sienten ya muy gringos. Esos güeyes son como las hermanastras del cuento.

»Pero aguantas porque estás seguro de que cuando regresas a tu pueblo, la magia aparece y ¡pum!, la calabaza se convierte en una trocota. Los de acá te ven con respeto porque traes bastante dinero y andas bien enjoyado. *Shuur*, la magia no es eterna; se termina cuando regresas a *yuesei* y vuelves a lo mismo.

»Pero no creas, hay unos que son ricos allá y aquí —expresó rascándose la barbilla—. Y no todo es venir a presumir y aventar dólares. También regresamos para disfrutar a la *family*, a los *brothers* de antaño… Tratamos de recuperar todo el tiempo que damos a los gringos a cambio de billetes verdes. Pero te voy a decir algo: ya hice una lanita. En una de esas, me quedo aquí a cuidar a mi viejita. Ya perdí al amor de mi vida, pa qué regreso —explicó quedándose luego pensativo.

Gustoso acompañé a mi amigo. El tiempo transcurrió sin darnos cuenta, recordando la época de secundaria y prepa. Reímos de las aventuras que tuvimos con Zorrillo. En ese momento, el pequeño lugar lucía casi lleno. Algunos, al reconocer a Luis, iban a saludarlo, quien gustoso les invitaba tragos. Al ver esto, varios que no lo conocían también se acercaban muy sonrientes, buscando la bebida de cortesía. Mi amigo ordenaba una y otra vez alcohol para todos.

Al sentirme algo mareado y ver que las botellas se vaciaban rápido, dejé de tomar. Ya era una gran fiesta; en el pueblo se había corrido la voz de tragos gratis. Los gorrones sonrientes rodeaban a Luis; cualquier palabra que decía era festejada por sus repentinos amigos. Él, feliz, se dejaba querer.

Después, al ver que una multitud aprovechaba la barra libre, opté por pedir la cuenta. Si permanecíamos más tiempo, Luis perdería en una noche todo lo ganado en Estados Unidos. El Pingüino, con sonrisa fingida, llevó un trozo de cartón repleto de números y tachones. Al ver esto, los alegres bebedores se apartaron, simulando una interesante plática entre ellos.

Mientras revisaba la cuenta, mi amigo *rápido* me la arrebató y sacó de su pequeña mochila un fajo de dólares, entregando varios al cantinero, quien se retiró complacido. No esperó el cambio; se puso su sombrero al revés y se dispuso a salir. Conforme caminaba tambaleante, se iba despidiendo de la gente; *rápido fui* detrás de él.

Lo acompañé hasta su casa. Afuera había una imponente camioneta roja decorada en ambos costados con rótulos que simulaban fuego; su lujo contrastaba con la humilde vivienda. Tuve que ayudarle a meter la llave. Cuando por fin abrió la puerta de madera, distinguí a su mamá sentada en un sillón rojo. La pequeña mujer sesentona suspiró aliviada al vernos.

Cuando se levantó, la luz artificial de la calle, que penetraba a través de una delgada cortina blanca del ventanal principal, iluminó su rostro moreno con algunas arrugas. Primero mostró alegría; luego frunció el ceño al ver tan borracho a su hijo. Me saludó amablemente, mientras a Luis lo regañó y lo mandó a dormir. Él, obediente, se fue sin decir una palabra. Me retiré lo más pronto posible, apenado por la situación.

Al día siguiente, volví a la capital muy temprano. No pude despedirme. Semanas después regresé y fui a buscarlo, pero no lo encontré. Su madre, emocionada, platicó que quizá ya se iba a quedar en Santa a vivir con ella, por lo cual supuse que en alguna de mis visitas nos encontraríamos, pero no fue así. Luego me enteré de que había regresado a Estados Unidos.

Al despedirme de su madre, observé un cuadro de tamaño mediano, con marco plateado, que colgaba en la pared de su sala; contenía una fotografía grupal de primaria; en el extremo derecho identifiqué de inmediato a tres sonrientes chamacos abrazados: Pedro, Luis y yo.

Fueron dos de mis mejores amigos, pero tristemente desaparecieron de mi vida. A Luis no lo vi ni en el sepelio de su madre, años después. Solo estuvo su hermano Rubén. Al preguntarle por Luis, me sorprendió ver que su rostro se endureció y dijo no saber nada de él desde hacía tiempo.

Lo llamó malagradecido, pues le había tendido la mano para arreglar sus papeles y hasta le dio una camioneta con la condición de pagársela en abonos cuando tuviera trabajo, pero nunca lo hizo. Mencionó que era flojo, que solo había conseguido empleo de velador, se la pasaba dormido todo el día y, en cuanto tuvo papeles —aseguró Rubén con tono molesto—, «se fue de mi casa, se llevó mi troca roja y jamás volvió a visitarme».

Se me hizo muy extraño, pero no quise ahondar, no era el momento. Además, pensé que se trataba de un pleito familiar, donde Rubén exageraba. Supuse que Luis había caído en depresión otra vez por la muerte de su novia; quizás se había quedado sin trabajo y no buscó a su hermano para evitarse problemas. Aunque sí fue muy raro que no fuera a despedir a su madre, pues la adoraba.

¿Y Pedro? Jamás volví a saber de él. Cuando iba al pueblo y me encontraba a su papá, le preguntaba por Pedro, pero como siempre andaba borracho, respondía incoherencias. Su mamá, tan callada, tan taciturna, no daba pie para entablar una plática; solo decía:

—Él está bien.

2

De pronto, la imagen del abuelo José llegó a la mente de Blas.

• • •

El papá de mi madre fue muy querido en Santa Bárbara, era un hombre carismático. Fue el primer alcalde con una discapacidad, convirtiéndose en símbolo de superación. Era mudo. Mi mamá, con esa dulzura al hablar que le caracterizaba, me contó que al principio muchos se burlaron de él. Además, enfrentaría al partido oficial: la derrota estaba asegurada. Pero eso no le importó, a pesar de tener otro dilema: pocos entendían su lenguaje con las manos.

Sin embargo, pronto lo solucionó; en sus mítines, un locutor de radio con voz sonora traducía sus señas a la gente. Esto gustó. Poco a poco incrementaron los simpatizantes; después, la mayoría ya lo saludaba con señas. Esto daba un toque especial a sus mítines, que llenaban de esperanza a un pueblo tan olvidado por autoridades estatales y federales.

Al final, resultó ganador, demostrando a todos que cualquier obstáculo se puede superar con esfuerzo y tenacidad. Durante su gestión como presidente, el abuelo José buscó dar oportunidades de trabajo, pues el pueblo cada vez se iba quedando más solo. El principal sostén económico del lugar era la compañía minera, pero atravesaba una difícil situación: no contrataban a nadie; al contrario, despedían frecuentemente. Ante eso, muchos preferían irse del poblado.

Entonces, el abuelo contactó, por medio de correspondencia, a una importante compañía de ropa. Luego de varios intentos fallidos, logró convencerlos de que Santa Bárbara era la mejor opción para establecer una de sus fábricas. Cedieron un viejo cine, que acondicionaron para instalar decenas de máquinas de coser. Les fue tan bien que, tiempo después, construyeron un gran edificio a las afueras del pueblo, requiriendo cada vez más empleados.

La voz se corrió en la región, llegando personas de varias partes, incluso de fuera del estado, y empezó una bonanza para el lugar. El abuelo José cumplió, de esa manera, con la promesa más importante de su campaña.

Años más tarde, los líderes de los trabajadores exigieron incrementos en sueldos y prestaciones excesivas que los patrones no aceptaron, por lo que iniciaron una huelga. Luego de varias negociaciones, no llegaron a un acuerdo. Los dueños prefirieron cerrar y el pueblo, otra vez, cayó en un bache económico. Por fortuna el abuelo nunca vio el fin que tuvo su mayor logro; el último día de la planta fue también el suyo.

Cientos de personas fueron al sepelio, entre ellos varios políticos que en alguna ocasión habían ido a pedirle consejo.

Llegaron con rostro triste; su dolor lucía real. Quizá era de las pocas veces que mostraban una actitud sincera, sin poses o discursos acartonados.

Fue el funeral más concurrido que he visto en Santa Bárbara. La mayoría de los habitantes lo despidió. Toda la familia estaba dolida, pero muy orgullosa de la herencia que dejaba. No era dinero ni propiedades: nos heredaba un ejemplo perpetuo de superación y honradez.

• • •

Blas sintió una molestia repentina en el pecho. En ese instante, recordó el esfuerzo que hizo por aprender el lenguaje de su abuelo. Pasaba varios días sin hablar, hasta que casi lo dominó por completo. Hubo un tiempo en que solo se comunicaba a puras señas, preocupando a sus padres, quienes al principio llegaron a pensar que se estaba volviendo loco; pero después comprendieron que lo hacía para tener cosas en común con el abuelo. Además, no quería perderse un solo detalle de las leyendas que le contaba. Una de ellas quedó grabada en su memoria.

• • •

Rufino descansaba en casa luego de una dura jornada en el campo. Afuera, el viento soplaba incesante, levantando remolinos polvorientos que chocaban con la ventana, que no soportó los embates y se abrió violentamente. Presuroso, fue a cerrarla. De pronto observó que un anciano y una joven mujer se aproximaban. Su rostro se desdibujó cuando reconoció al hombre.

—¡Francisca! ¡Ahí viene tu papá! —gritó a su esposa, al tiempo que aseguró la ventana.

—¿Mi apá? ¿Aquí? ¡No puede ser! —exclamó asomándose por la ventana—. ¡Y viene con una vieja!

—Dile que se vaya —dijo exaltado.

—Pero ¿cómo le hago? ¿Qué le digo? —preguntó encogiendo los hombros.

—Es tu padre, debes saber cómo.

La pequeña casa de adobe se hallaba lejos del pueblo. Tres sonoros golpes cimbraron la puerta de madera añeja. El aire silbaba mientras la oscuridad comenzó a cubrir el lugar.

Francisca encendió una vela, disponiéndose a abrir.

—¿Los vas a dejar pasar? —preguntó azorado.

—Pos está tocando, ¿qué hago?

—No abras; ven, háblale desde aquí —le indicó abriendo la ventana.

Ella obedeció. Rufino tomó la vela, cubriéndola con la otra mano para evitar que se apagara.

—¡Apá! ¿Qué anda haciendo aquí? —preguntó con tono adusto.

—¡Uy, qué recibimiento, mija! ¿Qué? ¿No le da gusto verme? —interrogó sonriendo.

—Pos... sí me da gusto verlo, apá; pero usted sabe que no puede estar aquí.

—Usted no le dé importancia a lo que pasó y ¡ábranos! Vengo acompañado, ¿qué no ve?

—Y ella, ¿quién es?

—Ábranos, ahorita le digo.

—¡No, por favor! —rogó Rufino, dejando la vela sobre una mesa. Francisca lo ignoró y abrió la puerta, colándose un gélido viento.

—¡Deme un abrazo, hijita! —le solicitó el viejo en cuanto entró, extendiendo los brazos.

Pero ella prefirió saludarlo a distancia.

—Me da gusto verlo... a pesar de... Pásenle al comedor, ahorita les sirvo un caldito de res. Disculpe, señorita. Francisca Reyes, mucho gusto —dijo a la acompañante.

La mujer, de tez blanca, no respondió el saludo. Callada, observó con sus profundos ojos negros a Rufino, quien se encontraba atrás de su esposa. Parecía que le atraía; él bajó la mirada.

—Y tú, Rufino, mínimo saluda. Ha pasado tanto tiempo.

No respondió. Se veía nervioso. Un pesado silencio reinó. Los dueños del lugar no se atrevían a hablar y los visitantes no deseaban hacerlo. Francisca se dirigió a la cocina, tratando de que se fueran lo más pronto posible.

—Voy a traerles el caldito, me quedó muy sabroso.

—Hijita, no se moleste, mi amiga ya encontró lo que buscaba.

—¿A qué se refiere, apá? —inquirió confundida.

—¡Vámonos, Rufino! —ordenó con voz grave el anciano.

—¿Adónde? —preguntó desconcertado.

—Ya sabes, no te hagas güey —respondió con tono hosco.

—¡No se lo lleve, por favor! —imploró al tiempo que se arrodilló—. Es mi compañero, la persona que amo.

—Lo sé, mija, y dispénseme, pero mi amiga tiene hambre y todavía no quiero que se la lleve a usted —confesó agachando la cabeza.

Rufino se encontraba agazapado en un rincón, horrorizado. La misteriosa mujer, de inquietantes ojos negros, fue y lo tomó delicadamente por un brazo. Él quiso resistirse, aventarla, golpearla con todas sus fuerzas; pero era imposible: sumiso, la acompañó. El pálido rostro de la dama esbozó una sonrisa siniestra, dejando ver varios huecos en su dentadura amarillenta.

Mientras, Francisca, todavía arrodillada, observó sollozante cómo se perdieron en la oscuridad al cruzar la puerta.

3

Un olor glacial se apoderó del automóvil de Blas y, en ese momento, apareció en su mente Rodolfo Ruiz, otrora hombre más rico del pueblo.

Tuvo muchísimas mujeres; las conquistaba con regalos costosos, casi siempre compraba el amor de jovencitas convenencieras. Cuando era niño, fue buen amigo de mi papá. Me platicaba que su padre llegó a ser dueño de todos los negocios del pueblo: la zapatería, frutería, papelería, ferretería, mueblería y tienda de ropa, llevaban el apellido Ruiz en sus fachadas.

Decía que Rodolfito, en ese tiempo, era muy noble, pero siempre mostró un apego exagerado por el dinero. En cuanto terminó la secundaria, se puso a trabajar de turno completo con su papá, quien murió poco tiempo después, heredándole todo. Era muy joven y se trastornó; se volvió soberbio, egoísta y hasta cruel, por lo cual mi papá prefirió alejarse de él.

Sus negocios prosperaban, pero despilfarraba mucho dinero en parrandas. Después quiso sentar cabeza al casarse con Teresa. Poco tiempo después llegó Paco, su único hijo reconocido, pero siguió en las mismas o peor. Paco era menor que yo y tartamudeaba al hablar. Muchos niños se burlaban de él; varias veces tuve que defenderlo, por lo cual nos hicimos amigos.

Con tristeza, platicaba que en las cenas de Navidad y Año Nuevo Rodolfo nunca estaba con ellos. No recordaba haber recibido algo de él, salvo una vez que le llevó unas canicas de barro y soldaditos de plástico. Algunas navidades las pasaron en mi casa. Ambos éramos hijos únicos; quizá eso nos unió más.

Rodolfo era tacaño en casa, pero espléndido con la gente del pueblo. Creía que con dinero podía comprar respeto, admiración, cariño y hasta el amor de Dios. Muy seguido le daba dinero al sacerdote, quien, con billetes por delante, absolvía sus pecados sin importar lo graves que fueran.

Días después de que Pedro huyó del pueblo, un tanque de gas explotó en una casa de Rodolfo, quien se encontraba con su amante de turno. La finca quedó destruida. Sus empleados llegaron rápido a remover los escombros, junto con el cura Jacinto, quien sollozaba cada vez que levantaba un pedazo de concreto.

Luego de varias horas sin poder encontrar a ninguno de los dos, aunque en realidad quien les importaba era Rodolfo, decidieron retirarse; pero, segundos antes de hacerlo, oyeron un gemido. El sacerdote identificó de qué zona venía y comenzaron a escarbar, rescatándolo más tarde. Inmediatamente lo subieron a la ambulancia que ya esperaba con la torreta encendida.

Todos se fueron y olvidaron a la mujer que lo acompañaba. Tiempo después se supo que encontraron su cuerpo de manera circunstancial mientras limpiaban la zona. Las misas por la pronta recuperación de Rodolfo se realizaban a diario; el cura estaba muy preocupado.

Después de tres meses en un hospital de la capital, Rodolfo regresó a Santa Bárbara. Mientras convaleció, Teresa y Paco nunca lo visitaron. La camioneta que conducía Fidel, su empleado de más confianza se detuvo frente a la gran casa. Antes de bajar, Rodolfo pidió que avisaran a su mujer e hijo, pero Fidel, cabizbajo, confesó que días después de la explosión se habían marchado.

Su rostro cicatrizado entristeció. No dijo nada. En ese instante, otro trabajador acercó una silla de ruedas para bajarlo con cuidado. La calle lucía solitaria, pero varios vecinos, asomados desde sus ventanas, cuchicheaban. Sorprendidos, vieron que le faltaban sus dos piernas.

Después, Rodolfo descubrió que Teresa se había llevado todo lo que tenía en la caja fuerte. Mi papá decidió visitarlo, aun cuando estaban distanciados desde hacía tiempo. Al principio no quería recibirlo, pero insistió hasta conseguirlo.

Se encontraba muy deprimido, no quería hacer nada. Mi padre lo motivaba para que regresara al trabajo, y así lo hizo tiempo después. Pero le molestaba mucho que la gente lo viera en una silla de ruedas, teniendo que encargar sus negocios a trabajadores deshonestos que le robaban. Poco a poco fueron desapareciendo las tiendas y, al final, quedó casi en la miseria.

Mi papá se convirtió en su mejor amigo, pues los otros, incluido el padre Jacinto, lo abandonaron.

En muchas ocasiones, mientras jugaban ajedrez, le confesó que lo más doloroso era haber perdido a su familia. Muy tarde comprendió que lo comprado con dinero son solo charcos de felicidad que se evaporan rápidamente. No volvió a saber nada de Teresa ni de Paco. Su vida era triste, pero llevadera gracias a mi padre. Por eso, cuando él murió, quizás le dolió igual que a nosotros.

Al terminar mi carrera, conseguí una entrevista de trabajo en un importante despacho. Para causar mejor impresión, pasé a bolearme los zapatos en la plaza Hidalgo, justo abajo del quiosco. Cuando llegué, una persona bien vestida se retiraba. De inmediato lo reconocí: era Paco. Emocionado, lo abracé. Al principio no me identificó. Luego de apartarme, Paco, algo desconcertado, miró fijo al rostro. Cuando mencioné mi nombre, sonrió y me dio un caluroso abrazo.

Se disculpó por su mala memoria y, mientras el bolero sacaba brillo a mis mocasines, platicó que la fortuna le sonreía. Era dueño de diez zapaterías y su oficina estaba justo frente a nosotros, en un bonito edificio de cinco pisos, con fachada de ladrillo y ventanales de vidrios ahumados. En la planta baja estaba una de sus zapaterías, de donde entraba y salía gente. Iniciamos una conversación que fue como *ping-pong*: uno daba un raquetazo de buena noticia, mientras el otro reviraba con una mala.

Me alegró saber que su madre se había vuelto a casar. Entristeció cuando dije que mi padre había muerto. Me alegró saber que estaba recién casado. Se puso muy serio cuando juró que nunca despreciaría a su familia como lo hizo su papá.

Aproveché ese instante para decirle que Rodolfo había cambiado mucho. Le aseguré que estaba muy arrepentido por el trato que les dio e intenté convencerlo para que fuera a visitarlo. Respondió que algún día lo haría, pero su cara endureció. Comenté que la muerte de mi papá le había afectado mucho.

Quedó pensativo un instante; después, esbozó una leve sonrisa, como si le diera gusto saber que sufría o, tal vez, dudaba que aquel hombre cruel que conoció pudiera tener nobles sentimientos, pues nunca se los demostró.

Comprendí el dolor que le causaba y decidí cambiar de tema. Mencioné que era abogado recién egresado y que en un instante tendría una importante cita laboral. El tiempo se fue rápido. Luego que el bolero sacó el último rechinido, me levanté y observé mi reloj, tenía que irme. Nos despedimos con un fuerte abrazo. Después, extendió una tarjeta de presentación. Quedé en hablarle para reunirnos en otra ocasión

Meses después de ese encuentro, Rodolfo murió. Traté de comunicarme con Paco para avisarle, pero nunca respondió. Dejé recados en su oficina y tampoco; siempre decían que estaba de viaje. Pasó el tiempo y, de vez en cuando, le marcaba. Nunca lo encontré. Ya no insistí más: comprendí que quería borrar su triste pasado… y yo era parte de él.

4

De pronto, a Blas le pareció escuchar la canción Amor de estudiante en su estéreo. De manera inevitable, Rita llegó a su mente otra vez.

• • •

Delgada, piel blanquísima que contrastaba con su cabello negro, enormes ojos azules, naricita afilada y labios carnosos. Desde pequeña fue hermosa, pero no llamaba mi atención; en ese tiempo solo quería jugar. Pero entrando a la secundaria, las cosas cambiaron. Me enamoré desde que entró al salón el primer día de clases. Esa vez llegó tarde, ofreció disculpas al profesor y rápido se dirigió a la única butaca vacía que por fortuna estaba enseguida de la mía. Inmediatamente traté de llamar su atención.

Comenzamos a platicar; pero no fui el único impresionado con su belleza, también Saúl, quien estaba sentado delante de ella; era un fastidioso: cuando comenzaba a hablar con ella, me interrumpía. Eso se repetiría durante tres años; varias veces estuvimos a punto de agarrarnos a golpes. Rita tenía parte de culpa, pues era muy coqueta. Un día solo tenía ojos para mí y al siguiente se interesaba por el presumido de Saúl o en algún otro.

Saúl fue una piedra en el zapato toda la secundaria, y aunque lo intenté hasta el baile de graduación, nunca conseguí que fuera mi novia. Tuve que conformarme con un solo beso. Esa vez acababa de llegar al salón, cuando de repente Rita se abalanzó sobre mí para darme un largo beso. Creí que por eso ya éramos novios, pero luego ni siquiera me dirigió la palabra en toda la mañana.

Al día siguiente estaba decidido a aclarar las cosas, pero no pude hacerlo: enfermé de varicela y permanecí en cuarentena dos semanas. Cuando regresé con los granos secos en varias partes del cuerpo, me trató como si nada hubiera pasado y, claro, Saúl siguió pegado a ella. Fue algo doloroso, pero sin duda me dolió más enterarme de que Pedro había abandonado la secundaria.

Tiempo después, cuando estaba por finalizar la universidad, visité el pueblo. Mi mamá tuvo antojo de gorditas de doña Marcela y fui a comprarle unas de verde y frijoles con queso, la especialidad de la casa. La mujer malencarada que atendía el puesto vertió un chorro de aceite en el comal, causando una nube blanca con olor a rancio. El humo se desvaneció, pero el olor persistió.

De pronto, alguien tocó mi hombro. Volteé y vi el rostro sonriente de Rita. Tendí mi mano de forma cordial, pero ella me abrazó efusivamente. Luego de unos segundos, tuve que apartarla. Aún era muy linda. La acompañaba un niño güerito de unos cinco años.

Me platicó que se había casado con Saúl y que el pequeño era su hijo. Fingí sorpresa, pues ya lo sabía. Continuó hablando sin parar de sus problemas conyugales, quejándose de que Saúl era muy borracho, no trabajaba y que ella, mientras su esposo se la pasaba en las cantinas, se esforzaba para sacar adelante a su hijito, pero que en el pueblo le pagaban muy poco; finalizó diciendo que, si todo seguía igual, mejor se divorciaría.

—Y a lo mejor me voy a la capital, a conseguir trabajo y, ¿por qué no?, un nuevo amor —afirmó sonriente.

—¿Y crees que allá lo encontrarás? —pregunté al tiempo que pagaba las gorditas a la señora malencarada.

—Pues si me das tu dirección, ten por seguro que así será —aseguró mirando de manera coqueta.

—Creo que a mi esposa no le gustaría —mentí, aún no estaba casado.

—¿A poco ya te casaste? —preguntó sorprendida, abriendo sus expresivos ojos.

—Sí, hace seis meses —afirmé al tiempo que recogía mi cambio.

La mentira no tuvo el resultado esperado, pues la coquetería continuó. Me pidió mi número telefónico varias veces, fue tanta la insistencia que terminé dándole un número falso. Al entregarme la orden de comida, tendí la mano para despedirme, pero otra vez me jaló, recibiendo un efusivo abrazo. Tuve que apartarla de mí. Prometió que muy pronto nos veríamos, mostrando sonriente el papelito donde había apuntado mi número telefónico.

—Tenemos mucho que platicar de la secundaria y de tantas cosas.

—Claro —pronuncié poco entusiasmado.

En ese momento recordé aquel beso y no quise quedarme con la duda.

—Rita, una pregunta. Si no querías nada conmigo, ¿por qué me besaste en la secundaria?

—¡Ayyy, qué preguntas! —sonrió, palmeando mi hombro—. Mira, la verdad, siempre me gustaste, pero tú sabes, en la adolescencia andas toda calenturienta probando varias bocas —soltó una estruendosa carcajada como de bruja, luego la contuvo y con una sonrisa continuó:

»Te voy a confesar algo. El día anterior anduve dando la vuelta con Saúl en el carro de su mamá. Tomamos algunas cervezas, fuimos al estadio y vimos jugar a Pedro. Era la primera vez que tomaba y me puse borracha. Ya cuando íbamos a mi casa, vi a Pedro que iba caminando solo y se me hizo divertido darle celos a Saúl, que ya sabes, moría por mí.

—¿Y luego? —pregunté intrigado.

—Le pedí a Saúl que lo alcanzáramos; ni se imaginaba para qué. Obedeció sin preguntar, detuvo el carro, me bajé y fui a besarlo en la boca. Claro, Saúl hizo berrinche, pero al rato se calmó. Al día siguiente, pues no sabía ni dónde meterme; no sabía cómo explicarle a Pedro que todo había sido un juego. Y la verdad, no sé por qué lo besé; estaba bien feíto el pobre.

»En eso estaba cuando entraste al salón, detrás de ti venía Pedro que se dirigía hacia mí muy sonriente, y, bueno, para desilusionarlo, rápido y sin anestesia, me abalancé sobre ti.

—¡No puedo creerlo, Rita! ¡Me usaste como tabla de salvación! —respondí molesto—. ¡Pobre Zorrillo!, ¡imagínate lo que sintió!, yo era su mejor amigo.

—Pues sí, pero no tenía de otra.

—Sí tenías, debiste haber sido sincera con él —dije mirándola a los ojos—. ¿Te das cuenta? Tal vez ese fue el motivo por el que Pedro no regresó a la escuela y además se alejó de mí.

—Aunque no lo creas, sí me sentí mal. Y por eso, a pesar de que me gustabas — continuó argumentando mientras acariciaba la mano de su hijo—, cuando regresaste a la escuela, después de tu enfermedad, me alejé de ti. Supuse que, si nos hacíamos novios, iban a perder su amistad. Y lo de la escuela, pos no creo, ya no quiso regresar por burro.

—Hubo muchas oportunidades para que me platicaras esto en la secu —inquirí mirándola a los ojos—. ¿Por qué nunca me dijiste nada?

—Pos... se me pasó —atinó a decir Rita, encogiendo los hombros.

Me despedí fríamente de Rita. Llegué confundido a la casa. Aunque ya había pasado mucho tiempo y fue una cuestión de adolescentes, su confesión me afectó. Aquella noche ni dormí.

Jamás volví a ver a Rita, pero tiempo después supe que se divorció de Saúl. También me enteré de que, mientras estuvo casado con Rita, fue un esposo ejemplar, amaba a su familia y, además, era abstemio.

5

Una palabra o imagen, un objeto u olor pueden llevar de manera instantánea a los mejores o peores recuerdos de una persona. Durante el breve recorrido hacia Santa Bárbara, Blas ya había cruzado varios puentes imaginarios, hacia el ayer. Y, de repente, la canción *Amor de estudiante* se convirtió en *Pueblo mío* de José Feliciano.

En ese momento volvió a sentir molestia en el pecho, pero olvidó el dolor al recordar el Prado de los Ángeles, en pleno verano, con sus frondosos árboles, ese tapiz verde intenso que semejaba pinturas paisajistas, repletas de vegetación, riachuelos por todas partes y, al fondo, montañas azuladas.

Pero a pesar de esos bellos escenarios, algunos se quejan porque hay pocos lugares para divertirse, lo consideran aburrido. A otros no les gusta porque es pequeño y el chisme grande. A muchos también los desanima que hay poco empleo. El único lugar donde hay trabajo es la mina, pero no todos están dispuestos a pasar gran parte de su vida entre peligrosos túneles, atiborrados de gases que envenenan los pulmones. Por eso, cuando hay oportunidad de irse, se van sin pensarlo.

Algunos jamás regresan, pero hay otros que hacen todo lo contrario: permanecen en el lugar, se enraízan a Santa Bárbara y solo la muerte los separa, como ocurrió con su tía Esperanza, la cual, de manera irremediable, llegó a sus pensamientos.

• • •

Ella era hermana de mi abuelo José. Varias veces tuvo la oportunidad de irse a otro lugar, pero decía que de Santa solo la sacaban «con las patas por delante», y así fue, amaba su pueblo. Su casa se encontraba en la entrada del pueblo. Era una finca muy grande, una casona antigua que había pasado de generación en generación. Un gran jardín al frente, su césped siempre lucía recortado; a su alrededor había algunos árboles frondosos y arbustos con forma cuadrada.

El jardín estaba dividido por un amplio camino empedrado que llevaba hasta el porche, con su techo de dos aguas, sostenido por dos columnas forradas de mármol. Al fondo, la imponente puerta principal de hierro forjado; justo en el medio, tenía una gran cabeza de león que sostenía en el hocico un aro de acero grueso para golpearla. El sonido era enérgico. Para rematar, un enrejado colonial de gran altura protegía toda la casona.

A pesar de todo ese lujo, lo que más me gustaba de la casa era su huerta, un pequeño bosque que se encontraba a espaldas de la finca, repleto de árboles frutales como manzana, membrillo, pera, higo y durazno. Decían que ese pedazo de tierra estaba bendito.

Los olores de las frutas se mezclaban, causando un exquisito aroma que se propagaba por toda la casa. Llamaba mi atención que en ese lugar había un pequeño cuarto de adobe que siempre mantenía cerrada su puerta de madera añeja, con cadena y candado oxidados.

Luis y Pedro me acompañaban muy seguido a devorar frutas. En una ocasión, mientras descansábamos en una rama gruesa de los tantos árboles, se me ocurrió una historia del misterioso cuarto.

—¿A poco sí vive el hombre rata ahí? —preguntó incrédulo Luis.

—Sí, una vez que vine aquí en la noche, por abajo de la puerta vi que salió una colota, y luego escuché un ruido muy extraño, como que rasguñaban las paredes.

—¿Y qué hiciste? —indagó azorado Pedro.

—Pos salí corriendo a decirle a mi mamá —abrí los ojos fingiendo miedo—. Pero cuando le dije, no se sorprendió. Ella sabía quién lo habitaba y me lo confesó muy triste.

—¿Qué es? ¿O quién es? —replicó Luis.

—Es un secreto de familia, no puedo decirlo.

—No seas mamilas; nosotros somos como tu familia —respondió Pedro—, sobre todo yo, que no salgo de tu casa. Así que cuenta.

—Está bien, se los voy a decir, pero no quiero que anden de chismosos, ¿eh?

—¿Cómo crees? Las cosas de familia se quedan en nuestra familia —prometió Pedro sonriendo.

—¡Mejor no! A este —señalé a Luis— se le va a ir la lengua con su tía Chole, y es bien chismosa.

—¡Por esta que no le digo a nadie! —juró Luis, haciendo una cruz con sus dedos.

—Está bien, les voy a contar. Quien está en ese cuarto... es el hijo de mi tía Esperanza.

—¿Cómo? ¡Si es la solterona del pueblo! —exclamó Luis.

—Bueno... pero tuvo un novio hace como... 25 años.

—Eso es lo de menos. ¿Por qué lo tiene encerrado? —indagó ansioso Pedro.

—Es que nació deforme, tiene la cabeza así, como puntiaguda —dije moviendo las manos en forma de triángulo—, y cola de rata. Está requetefeo. Se avergonzaba de él y, pos, decidió encerrarlo en ese cuarto —indiqué con mi brazo estirado hacia la puerta.

—Entonces, ¡el hombre rata es tu tío! —gritó en tono burlón Pedro—. Ya decía yo que estabas medio rarito.

—¡No! Realmente no es nada mío, porque… mi tía Esperanza no es hermana de mi abuelo. Ella… es adoptada —mentí para salir del aprieto—. Además, el novio de mi tía estaba medio raro de la cara, le decían el… Hámster; por eso salió así su hijo.

Bajamos del árbol y, al pasar por la puerta del tenebroso cuarto, a Pedro se le ocurrió golpearla varias veces. Salimos despavoridos, huyendo del hombre rata.

Entramos agitados a la casa. Mi tía se encontraba en la sala. Las paredes estaban llenas de fotografías de todos los tamaños. La imagen más grande, en color sepia, se encontraba justo en medio de la pared principal. En ella, mi bisabuelita aparecía de pie, con sonrisa tímida, enfundada en un vestido de novia sencillo y con un largo velo blanco en la cabeza, mientras el bisabuelo, trajeado y muy serio, estaba sentado a su lado en una silla como de rey.

También había una foto a colores de mis padres muy sonrientes, saliendo de la iglesia, mientras varias personas a su alrededor les aventaban arroz. La mesa de centro estaba repleta de portarretratos plateados. Llamaba la atención una foto donde una niña pequeña, desnuda, junto a una canasta casi de su tamaño, come un durazno. Después supe que era mi madre, que, cada vez que iba, ocultaba el portarretratos.

En otra fotografía, estaba el abuelo José sonriente, con varias personas a su lado. Detrás de ellos, se alcanzaba a ver a algunos albañiles trabajando. Tomé la fotografía y pregunté a mi tía de qué se trataba.

Nos platicó que el abuelo, antes de ser alcalde, conformó un patronato para fundar la primera biblioteca del pueblo. Por medio de donaciones, rifas y kermés, juntaron dinero para comprar una finca, que sus propietarios les vendieron más barata; pero ya cuando la tenían, al presidente en turno le gustó para que fuera su palacio municipal y, sin decir más, la expropió.

A pesar de eso, el patronato continuó. Compraron otra casa con el poco dinero que les dieron por la primera, pero estaba muy deteriorada, por lo que tuvieron que juntar más dinero durante varios meses para comprar material y poder arreglarla. Algunas personas y empresas también les donaban material, que era llevado a una bodega que le había prestado el señor Nava, dueño de la única gasolinera del pueblo y gran amigo del abuelo.

Mientras juntaban el material, aprovecharon para derrumbar parte de la finca. La foto de la sala fue tomada cuando iniciaron los trabajos. Tiempo después, sabiendo que ya tenían suficiente material para iniciar la construcción, miembros del Patronato fueron emocionados a recoger una parte. Pero al llegar a la bodega, se llevaron una desagradable sorpresa: Nava no les permitió entrar, argumentando que, como habían tardado mucho tiempo, se adueñaba del material, pues estaba en su propiedad.

El abuelo José y los del Patronato enfurecieron por esa deslealtad, pero no podían hacer nada. Había sido un pacto entre amigos, que se rompió por la avaricia de Nava. Fue un golpe bajo, pero continuaron. Se olvidaron por el momento de construir y se enfocaron en juntar libros, logrando una gran cantidad que fue donada por ciudadanos y bibliotecas de varias partes del país.

Sin embargo, no había lugar donde iniciar. Tenían poco dinero para comprar material una vez más, además muchas personas dejaron de apoyarlos. Por si eso fuera poco, Nava, pagó a un locutor de radio para voltear todo, acusándolos de haber vendido el material. Para acallar ese injusto chisme, rentaron un lugar y, por fin, comenzó a funcionar la primera biblioteca de Santa Bárbara.

Dorita, una ancianita que pidió insistentemente trabajo, se convirtió en la encargada, no sin antes acordar que su sueldo sería pagado por el Patronato mientras no se disolviera. Si eso pasaba, no habría ningún compromiso de indemnización.

Luego de un tiempo, varios miembros del Patronato emigraron del pueblo y los que se quedaron ya no se interesaron. La asociación se deshizo, pero el abuelo, con gran esfuerzo, siguió pagando de su bolsa todos los gastos. En los últimos años ya no podía más, pero se negaba a dejar a su querido pueblo sin libros.

Después, el alcalde en turno estableció otra biblioteca. Al ver esto, el abuelo les donó casi la mitad de los libros y luego cerró la suya.

La tía Esperanza, un tanto afligida, nos platicó que los problemas por culpa de la mentada biblioteca continuaron para el abuelo. Semanas después, la bibliotecaria lo demandó por despido injustificado, teniendo que pagar una liquidación excesiva. A pesar de todo, el abuelo no perdió la esperanza de establecerla otra vez; así que, cuando fue presidente municipal, lo volvió a intentar. Pero las autoridades educativas salieron con que una biblioteca era suficiente para un pueblo tan pequeño.

Los conflictos persistían, pues cada presidente municipal que llegaba le exigía de inmediato que entregara el terreno, como si hubiera sido pagado con dinero del erario. A ninguno le importó la otra parte de los libros que permanecían en cajas desde hacía años. En caso de haberlos solicitado, el abuelo José los hubiese entregado gustoso, pero no les interesaban. Los alcaldes solo querían el terreno.

Ante aquellas demandas injustas, el abuelo respondía con papel y pluma que eso no era posible, pues muy pronto fundaría otro Patronato para continuar con el proyecto. Pero él no pudo hacerlo. Luego de su muerte, la tía Esperanza retomó el proyecto y logró establecer la biblioteca, bautizándola con el nombre del abuelo.

—Pobre, en qué líos se metía con tal de ayudar a la gente —atiné a decir, mientras observaba la colección de soldaditos de plomo que se encontraba en la repisa de una enorme chimenea. Había cientos de figuras plateadas, doradas y multicolores, procedentes de varios países.

Enseguida de la chimenea había un gran piano de cola, en color negro. Esa vez, Pedro tomó asiento en el banco, levantó la tapa y manoteó las teclas mientras cantaba *Dos coronas a mi madre*, de Los Cadetes de Linares. Mi tía lo observaba divertida.

A Luis y a mí también se nos hizo gracioso al principio, pero cantaba tan feo y tocaba sin ton ni son, que estaba maltratando el piano. Entonces me puse a su lado y Luis del otro; cada uno atrapó un brazo. Contamos hasta tres, lo levantamos al mismo tiempo y finalizamos de esa manera el tormento para nuestros oídos.

Mi tía siempre se esmeraba en atendernos como reyes. Amaba a los niños y aunque los otros dos no eran familiares, los trataba como si lo fueran. Esa vez nos ofreció empanadas de manzana, bombones cubiertos de chocolate y bolsas con frutas.

—Llévense lo que quieran —dijo con voz dulce.

Al escuchar eso y mientras la miraba, pensé: «¡Ay, tía! Si supiera que le inventé un novio feo, un embarazo, un hijo deforme con cola de rata y, de pilón, que es adoptada. Lo más seguro es que ya me hubiera corrido de su casa junto con estos dos».

El abuelo José, mi tía, mi papá, mi mamá y otros familiares que decidieron quedarse, lo hicieron con la mentalidad de aportar su granito de arena para tener un mejor pueblo. Mi papá decía:

—No sirve de nada permanecer en el mismo lugar toda la vida si nunca hiciste nada por él. No se vale decir que lo amas si solo estuviste ahí como una banca o un macetón de la plaza principal.

Y tenía razón. Conozco a varios así: llegas de visita y ahí están; regresas tiempo después y siguen donde mismo. Su presencia es casi decorativa. Su huella en la vida es efímera, se borra con facilidad. En cambio, hay personas que van dejando huellas casi imborrables por donde caminan, como Chanito, así era conocido mi papá.

Amaba la nieve, tal vez porque fue lo primero que vio en su vida. Su familia era pobre y numerosa; mi abuelo murió joven. Al ser mi padre el mayor, tuvo que ingeniárselas desde chico para llevar algo de dinero a casa. A pesar de su inteligencia, solo pudo terminar la primaria.

Comenzó a trabajar en la compañía minera como ayudante de patio, siempre con actitud positiva y tenacidad. Poco a poco fue ganándose la confianza de sus jefes. Con el paso de los años fue escalando puestos, hasta convertirse en gerente general. Ocupó ese puesto hasta su muerte y fue el único en alcanzarlo con solo primaria.

Esa tarde olía a tierra mojada, con cierto aroma a pino. Atrapábamos la pelota en el jardín de la casa. Yo tendría unos 11 años. Le dije que, cuando fuera grande, quería ser como él, porque tenía mucho dinero. Me respondió que estaba equivocado, que el dinero era importante, pero hasta cierto punto. Lo realmente valioso eran las experiencias, la satisfacción de ayudar a cientos de mineros y el orgullo de que muchos de ellos lo consideraran un amigo antes que un jefe.

Devolví la pelota y reviré:

—Pero trabajas por dinero, ¿no?

—Claro, con él compré casa, carro, ropa, muebles; pero no el amor de ustedes o el cariño de mis compañeros. Se debe tener inteligencia para utilizar el dinero de manera correcta, porque hay muchos que lo aman en exceso y terminan siendo esclavos de él.

De pronto llegó Joaquín, el padre de Zorrillo, muy preocupado a nuestra casa. Como casi siempre, olía a alcohol, pero no estaba borracho. Le explicó a mi papá que Pedro había caído en el cerro golpeándose la cabeza. Lo había llevado con el doctor Pío, quien le dio los primeros auxilios, pero era necesario revisarlo con un equipo que *él* no tenía. Pedro tenía que ser trasladado a la capital.

La ambulancia estaba disponible, pero sin gasolina suficiente para un viaje de cuatro horas. Además, Joaquín no tenía dinero para el hospital. El presidente municipal no lo apoyó, creyendo que lo gastaría en la cantina. Mi padre no dudó. De inmediato se dirigió a la compañía.

Preocupado por mi amigo, pedí acompañarlo. Con una sonrisa aceptó. Al llegar, ordenó que hicieran sonar la potente sirena de la mina. Los trabajadores, confundidos, comenzaron a salir, pues aún no finalizaba su turno. Conforme iban saliendo, mi papá les explicaba la situación. La mayoría cooperó, juntándose una buena cantidad. Luego, papá sacó todo el dinero que traía en su billetera y se lo entregó a Joaquín, que ya se encontraba junto con su esposa en la ambulancia.

Pedro lucía una venda en la cabeza, con una mancha de sangre. Subí a la ambulancia para darle un abrazo. A pesar del fuerte golpe que traía, sonrió. Mi padre reconfortó a su afligida madre. Bajamos y abrazados vimos cómo se alejaron.

Estuvieron más de una semana fuera. El dinero pronto se terminó, pero mi papá les mandó más. Zorrillo volvió recuperado y más alocado que nunca. Todos decíamos que el golpe le había zafado varios tornillos.

En cuanto regresaron, su madre fue a visitar la parroquia para agradecer por la salud de su hijo.

6

La imagen de aquella iglesia le hizo recordar a Blas otra aventura con su gran amigo de la infancia.

• • •

La parroquia, así llaman a la iglesia más antigua del pueblo, levantada por misioneros franciscanos hace cientos de años, es la catedral del lugar; pero su construcción es sencilla, nada de barroco ni gótico. De su fachada sobresale un gran campanario y una pequeña escultura franciscana, justo arriba del portón de madera. Su interior es reducido, pero acogedor.

Un domingo, mientras el padre Jacinto daba su sermón —el cual no podíamos escuchar claramente porque Raquel y Chole se habían sentado detrás de mis padres y de mí, poniéndose al tanto de los chismes, los cuales tenían como actor principal al padre Jacinto—, escuché decir a Chole:

—Ya ni la amuela el padre Jacinto; dice mi sobrina que la semana pasada lo vio besando a Juanita, la de la tortillería.

—Pos a mí me dijeron que lo vieron saliendo de la cantina en la madrugada —afirmó Raquel.

De pronto, apareció en la iglesia doña Pepina, una mujer robusta, de mediana edad, pero con rostro casi pueril. Llegó muy exaltada; grandes gotas de sudor escurrían de su frente, y las miradas de los presentes se centraron en ella.

—¡Padre! ¡Padre! ¡Se me acaba de aparecer la Virgen! ¡Es un milagro! ¡El milagro que todos estábamos esperando! —manoteó a punto de llorar.

El padre, confundido, pero sereno, bajó del púlpito, aproximándose a ella.

—A ver, tranquila, explícanos. ¿Qué sucedió?

—Hace rato estaba lavando ropa muy campante en mi casa, allá por el cerro Magueyudo, y como a unos cien metros de mi casa hay una cueva —en ese instante hizo una pausa para tomar aire—. Pos estaba talle y talle y, de repente, me dio el olor como si estuviera quemándose algo. Creí que eran los chamacos, que se mantienen en el cerro haciendo diabluras.

»Pero de repente volteé a la cueva —le digo, está como a cien metros— y vi una imagen blanca y, a su alrededor, se veía mucha luz. Me asusté. Cuando iba a salir corriendo... —hizo otra pausa, jaló más aire y continuó—, me llamaron por mi nombre, padre; era una voz de mujer, muy dulce, dulcísima, que dijo: «Pepina, Pepinita, hija mía, ven, acércate, no temas».

»Entonces, pos subí a la cueva; esa voz me tranquilizó, me quitó el miedo, padre. Cuando estuve cerca de la Virgencita, ella continuó hablando: «He venido a traer un mensaje de paz y quiero que tú seas mi emisaria.

»La próxima semana apareceré otra vez aquí, en este bendito lugar que es Santa Bárbara. Tú serás la encargada de anunciarlo». Y pos vengo a avisarle, padre, que el viernes próximo se manifestará para que todos vayan al cerro y la vean con sus propios ojos.

Al decir esto, se escuchó un enorme murmullo, donde se mezclaban asombro e incredulidad. El padre finalizó lo más pronto posible la misa e invitó a Pepina a la oficina parroquial, no sin antes decir a los presentes que los mantendría informados.

Días después, el padre anunció que realizaría una misa en las faldas del cerro para constatar la aparición. El presidente municipal mandó poner carpas y enormes bocinas para que la misa fuera escuchada en gran parte del lugar. Ese día, el pueblo estaba lleno de feligreses de poblaciones cercanas; la noticia se había propagado, y emocionados se preparaban para ver a la Virgen.

Pedro y yo decidimos subir temprano hasta la cueva mencionada por Pepina para tener la mejor vista, pero, mientras la Virgen aparecía, nos pusimos a cazar bichos. Cuando levantábamos piedras, justo arriba de la caverna, vimos que Pepina salió de su casa, dirigiéndose hacia esta. Rápido nos agachamos para evitar que nos viera. Entró en ella, pero ya no salió. No le dimos importancia y continuamos atrapando insectos.

Poco a poco, la gente comenzó a llegar. Al ver tanto alboroto decidimos quedarnos donde estábamos; desde nuestro escondite se divisaba todo. Más tarde, la misa inició y, de pronto, justo debajo de nosotros, una cosa rara apareció moviéndose de un lado a otro. Era algo grande.

»La gente comenzó a gritar y, cuando estaba a punto de arrodillarme, creyendo que era la Virgen, al igual que todos, Pedro me aseguró que era Pepina disfrazada. Al principio no le creí, pero luego me fijé bien: era cierto.

»Pepina tenía una linterna minera en la cabeza y una sábana blanca encima; pero, a la distancia, el engaño era casi imperceptible. Abajo se escuchaban alabanzas, gritos y oraciones a todo pulmón. Todos estaban arrodillados. El padre Jacinto, conmovido, abrazaba a la esposa del presidente y varias ancianas casi se desmayaban de la emoción.

—¡Qué hermoso milagro! ¡Gracias, Dios mío! —exclamaron Chole y Raquel casi al mismo tiempo, mirando al cielo extasiadas.

—¡Esto es una señal de que nuestro pueblo está bendito! ¡Ya ven!, ¡les dije que esta administración sería distinta!, ¡y lo cumplí! —se escuchó la voz del presidente municipal a través de las bocinas que había mandado colocar.

—¡Este día será inolvidable! —exclamó emocionada la mujer del alcalde—. ¡Pasaremos a la historia! ¡Gracias, Virgencita, por esta bendición en nuestro mandato!

Mientras el pueblo se encontraba conmovido, nosotros no sabíamos qué hacer: si permanecer escondidos o salir y descubrirla.

—Mendiga vieja, engañabobos —dijo Pedro sonriendo.

—Tenemos que decirle al padre —advertí molesto.

—No nos va a creer. ¡Déjalo así! No pasa nada; total, ¿en qué te perjudica?

—¡Está engañando, Pedro! Mi mamá está allá abajo y no quiero que le vean la cara. Además, dice mi papá que si no denuncias lo malo te haces cómplice.

—Pos, aunque esté mi jefa, me da igual. Más la engaña mi jefe y ni se queja.

—Pero es injusto, y tu papá lo sigue haciendo porque tu mamá no levanta la voz para exigir respeto —dije, molesto—. Mi mamá dice que siempre hay que levantar la voz ante las injusticias, y esta es una. ¡Vamos! ¡Es ahora o nunca!

Salí del escondite abalanzándome sobre Pepina con la intención de tumbarle la lámpara, pero no pude; era corpulenta. Al ver que no podía, grité a Pedro que me ayudara, quien, al verme desesperado, la tomó de las piernas. Luego de un breve forcejeo, el peso le ganó y cayó. Abajo la gente miraba asombrada.

—¿Qué hacen esos niños? —se escuchó por el altoparlante al padre.

—¡Se les metió el diablo! ¡Tumbaron a la Virgen! —gritó desesperada la esposa del presidente.

En ese momento, toda la gente enfurecida comenzó a subir el cerro dirigiéndose hacia nosotros. Pepina estaba en el suelo, aún con la sábana encima; la lámpara ya se había apagado. Pepina no podía levantarse debido a su corpulencia.

—¡Ya vi quiénes son! —gritó Pepe, el zapatero, mientras agarraba piedras—. ¡Es Blas, el hijo de Chanito, y el otro es el mendigo Zorrillo!

Mi madre, al escuchar esto, subió el cerro desesperada para defendernos.

—¡Los voy a desterrar! ¡Hijos de Satanás! —exclamó el presidente, enfurecido.

En poco tiempo estuvimos rodeados por el padre, el alcalde, su esposa y cientos de feligreses iracundos. Para evitar que nos lincharan, destapé rápido a Pepina. Todos se sorprendieron al ver su rostro. Mi madre llegó un instante después con cara preocupada, me abrazó y luego jaló a Pedro.

—¡Mendiga Pepina embustera!, ¡vamos a madrearla! —gritó con voz chillona Lupe Guaguaras, una viejita famosa por su bravura.

Al escuchar esto, intervine para defenderla.

—¡Esperen! ¡Tiene derecho a hablar!, ¡que explique por qué lo hizo! ¡Es de nuestro pueblo! —grité con voz firme.

Tener a un lado a mamá me dio seguridad, aunque las piernas me temblaban todavía.

—¡Ni madres!, ¡vamos a pegarle! —insistió Lupe.

Casi todos la apoyaron, estaban muy molestos; pero antes de que alguien la agrediera, se escuchó la voz del presidente:

—¡Serénense, por favor! ¡Si algo nos ha distinguido es nuestra civilidad! ¡Tiene razón el chamaco! ¡Que hable! —voceó enérgico.

—Ta bien, que hable; pero si sale con una pendejada le pegamos —manifestó Lupe, levantando ambos brazos y poniendo guardia de boxeador.

Mi mamá tomó una mano de Pepina, que aún estaba en el suelo, y pidió que yo hiciera lo mismo con la otra. Le indicó a Pedro que empujara por la espalda. Luego me ordenó que jalara, y ella también lo hizo. Así logramos levantarla. Pepina se encontraba como niña asustada. Luego de un breve silencio que pareció eterno, dijo sollozando:

—Discúlpenme… solo quería… que la gente de otras partes volteara a vernos… que nuestro pueblito fuera famoso en todo el país, en el mundo entero; que saliera en los periódicos, que hablaran de él en la tele, en la radio, en todas partes.

»Estamos muy olvidados. Mucha gente no sabe que Santa Bárbara existe, nos tienen muy abandonados. Y pos como en todos los lugares donde se aparece algo se vuelven famosos, se me ocurrió hacer esto —confesó, soltando el llanto—. ¡Perdónenme, se los suplico! —exclamó, agachando la cabeza.

Sus palabras sinceras conmovieron a todos, incluso a Lupe. Decidieron no hacerle nada, quizás porque la mayoría hubiera hecho lo mismo con tal de darle notoriedad a su amado pueblo. Mi madre se acercó, le dio un abrazo, y todos comenzaron a retirarse en silencio.

Blas se dirigió en ese momento a Pepina:

—Discúlpeme por haberla descubierto, doña Pepina, y también por tumbarla.

—No, mijo, hicieron lo que se tenía que hacer, ni modo; pero el trancazo sí me dolió. *¡Eh, canijo!* —exclamó, sobándose el trasero.

Cuando ya nos retirábamos, gritó:

—¡Y gracias por defenderme, deberías ser abogado!

Esas palabras marcaron mi destino.

Esta vez, no se manifestó en Blas la sensación de mariposas en el estómago que ocurría cada vez que visitaba su pueblo, pero los recuerdos continuaban aglomerándose en su cabeza.

• • •

Cuando estaba en el segundo semestre de la universidad, conocí a Julieta, una preciosa mujer de larga cabellera color negro, piel blanca, rostro delicadísimo, nariz respingada, boca finamente delineada y expresivos ojos azules. Era parecida a Rita. Me encantó. Ella estudiaba Psicología. Con frecuencia nos encontrábamos en los pasillos de la Escuela. Comenzamos a saludarnos; no le era indiferente.

En una ocasión, la invité a tomar un refresco o café, no recuerdo bien, y aceptó. Bastaron unos cuantos minutos de plática para darme cuenta de lo inteligente que era. Siguieron las invitaciones, nos hicimos buenos amigos y luego el noviazgo inició de manera inevitable

En ese tiempo, Sara se incorporó a la Facultad. Coincidimos en varias clases y, de pronto, empezó a molestarme. Se burlaba de mis opiniones; era muy incómodo. Trataba de ignorarla, hasta que un día fue demasiado.

La confronté cuando todos se habían ido; no quería hacer teatritos. Tranquilamente expresé mi sentir. Su respuesta fue sorpresiva, confesó que estaba enamorada de mí. Como la ignoraba, su única manera de llamar mi atención era molestándome. Todavía no me recuperaba de lo dicho, cuando, antes de irse, se acercó y me dio un tierno beso en la boca.

Nunca me había fijado en ella, porque solo tenía ojos para mi novia; pero en ese instante descubrí lo atractiva que era. Morena, de rostro ovalado, sobresalían unos brillantes ojos color miel, labios carnosos y, además, una cintura diminuta que hacía lucir sus caderas.

Julieta estaba enterada de que hablaría con ella. Al día siguiente preguntó qué había pasado. Respondí con un simple: «Ya está todo aclarado» y cambié de tema. Estaba muy confundido.

Sara no volvió a fastidiarme, pero dejó de hablarme. Aunque antes era poco el trato, ahora me ignoraba por completo. Los papeles se invirtieron, ahora era yo quien estaba al pendiente de lo que ella hacía y hablaba. Claro, no me burlaba; al contrario, comencé a admirarla.

Mientras tanto, la relación con Julieta comenzó a enfriarse por mi culpa. Cuando nos veíamos, siempre estaba serio, respondía con monosílabos. Una mujer tan bella y, además, inteligente, no puede darse el lujo de tener un novio apático y aburrido. Decidió que nos diéramos un tiempo y estuve de acuerdo.

Aproveché para invitar a salir a Sara, quien se hizo de rogar. Fue hasta el tercer intento que aceptó. Las mujeres son hermosas, maravillosas, semidiosas; pero, en ocasiones, ¡qué complicado es descifrar sus pensamientos!

—¿Por qué no querías salir? —pregunté al entrar a la sala de cine.

—Aunque no lo creas, estaba muy apenada contigo. Primero por molestarte y luego por confesarte que estaba enamorada de ti. Para rematar... el beso. No sé cómo me atreví —respondió cerrando los ojos y frotándose la frente con una mano.

—Pues yo me sentí muy halagado —le comenté al ofrecerle un vaso de refresco.

—Pero no quiero que pienses mal de mí —respondió al sentarse.

—Claro que no —dije sonriendo.

En ese momento inició la película. Ambos la ignoramos. La sala estaba casi vacía; eso nos benefició, pues estuvimos platicando las casi dos horas que duró. Teníamos muchas cosas en común. Después la llevé a su casa. Ya en la puerta, le pedí que fuera mi novia. Ella, un poco sonrojada, aceptó. La tomé de la cintura y nos dimos un beso que, al principio, fue tierno y luego algo apasionado.

Me retiré feliz al departamento que compartía con Ricardo y César. Cuando llegué, bebían cervezas mientras veían televisión. Destapé una botella, me senté junto a ellos y platiqué lo ocurrido. En cuanto supo César que ya no volvería con Julieta, al día siguiente ya estaba cortejándola. Se creía muy galán, pero, para su mala suerte, nunca le hizo caso.

Nuestro noviazgo duró el resto de la carrera. Disfrutábamos todo: interminables pláticas, besos apasionados, caricias ardientes y, claro, peleas; pero esas sí con límite de tiempo. Varias se ponían muy interesantes, pues como estudiantes de Derecho ninguno quería dar su brazo a torcer. Al finalizar la universidad, supe que era la mujer de mi vida. Tiempo después, en cuanto tuve cierta estabilidad económica, decidí pedirle matrimonio.

Esa ocasión era su cumpleaños. No le hablé ni felicité en todo el día, poniéndome de acuerdo con los amigos para que tampoco lo hicieran, pero los cité en su casa a cierta hora. Llegué hasta su amplio jardín, aparentando estar un poco borracho. En cuanto me vio, enfureció.

Cuando iba a empezar a gritonear, di la señal y, entre los árboles, aparecieron unos mariachis entonando *Las mañanitas* y, detrás, todos nuestros amigos y algunos familiares haciendo lo mismo. Sara estaba desconcertada; no sabía si reír o llorar. Al final, hizo las dos cosas.

En cuanto terminaron la canción, le pedí su guitarra a uno de los músicos. Sorprendida, la tomó. Le dije que era su regalo. Replicó que ni siquiera sabía tocar, pero en ese instante, su prima Minerva gritó emocionada, indicando que algo colgaba del instrumento musical. Se trataba de un anillo, el cual desamarré. Me arrodillé y le pedí matrimonio. Me abrazó y el mariachi comenzó a tocar *Hermoso cariño* de Vicente Fernández.

En ese instante comenzó a llover. Todos se fueron a resguardar, incluidos los músicos, que siguieron tocando. Sara y yo permanecimos en el jardín, abrazados por un largo rato.

Casi dos años después llegó Gonzalito. Ese pequeñito vino a darle más luz a nuestra relación. Jamás habíamos tenido una discusión fuerte... hasta esta tarde.

—Conseguí trabajo, Blas —expresó emocionada, mientras servía una taza de café.

—Qué bueno —respondí con una sonrisa fingida, creyendo que bromeaba. Había tenido una semana muy complicada.

—Es en serio, Blas. Claudia me recomendó en el despacho donde trabaja y hace rato habló para avisar que me aceptaron.

Y de pronto exploté. Enfurecí.

—¡Ya hemos hablado varias veces eso, Sara! Con mi sueldo vivimos bien. ¡No es necesario que trabajes! ¡Yo gano lo suficiente!

—¡No solo es por dinero, Blas! ¡Necesito realizarme! ¡Ejercer mi carrera tal como lo haces tú!

—¡No, vas a descuidar a Gonzalito! ¿Dónde lo vas a dejar? —pregunté molesto.

—Lo dejo con mi mamá o en una guardería...

—¡Se te hace muy fácil! —la interrumpí.

En ese momento, mi mente se llenó de imágenes fatalistas: «¡Es peligroso!», «¡Puede ocurrir una tragedia!», «¡Es peligroso para ti, para el niño, para todos!», «¡No seas estúpida!», «Tu lugar está aquí, resguardada en tu casa, cuidando a nuestro hijo».

—Nunca te había visto así. ¿Qué te pasa? ¿Por qué me insultas?

—Porque eso eres cuando piensas en trabajar. Además, egoísta. El niño solo tiene tres años, es muy pequeño todavía. ¡Hay muchos peligros en las calles!

—¡Entonces tú eres un estúpido machista! —gritó enfadada.

—¡No me importa lo que pienses y no vas a trabajar! ¿Entendiste? —grité molesto.

—¡Pues sí lo voy a hacer!

—¿Me estás retando?

—Tómalo como quieras.

La discusión estaba completamente fuera de control. De pronto apareció Gonzalito asustado. Comenzó a llorar; jamás nos había visto tan enojados. Eso me hizo reaccionar. Lo cargué un momento, luego se lo entregué a Sara. Sin decir nada, salí de casa azotando la puerta.

<h2 style="text-align:center">8</h2>

Blas mantenía su vista fija en el parabrisas del auto. Intentó buscar su teléfono celular para llamar a Sara y ofrecerle una disculpa, pero no pudo. En ese instante, evocó cuando Ruvalcaba, su jefe, le exigió defender a un famoso criminal de la frontera, que había sido capturado en la capital.

• • •

—Pues tienes que tomar el caso, aunque no quieras —ordenó Ruvalcaba.

—Insisto, ya tengo algo de experiencia, pero no la que requiere el caso. Además, es un narco; es muy peligroso —dije, un tanto angustiado.

—Es cierto, todavía te falta experiencia, pero tienes talento. Sé que vas a hacer un extraordinario trabajo —respiró profundamente Ruvalcaba—. Debemos hacerlo... tienes que defenderlo, no hay de otra, o vienen e incendian la oficina con nosotros adentro.

—¡Qué injusto! Estamos entre la espada y la pared —respondí molesto—, pero ni modo, cuente conmigo, licenciado.

Pude sacar a Plutarco de la cárcel, conocido como «La Hiena», famoso por ser despiadado, pero también por su homosexualidad. Siempre estaba acompañado de jovencitos, casi todos muy delgados.

Pasaron varios días y, al salir de la oficina, observé una lujosa camioneta color azul con dos sujetos adentro. Al verme, uno de ellos descendió con un portafolio de cuero. Sin decir ni una sola palabra, estiró su mano para entregarme el portafolio.

—¿Y esto? —pregunté, tomándolo con desconfianza. El mensajero era un jovencito, como la mayoría de sus compinches.

—Se lo manda el jefe.

—¿Quién? —pregunté de manera automática, aunque sabía la respuesta.

—¡Vámonos ya! —gritó el conductor, ansioso. Alcancé a distinguir que no era tan joven ni delgado como el otro.

—¡La Hiena! —respondió al momento de subirse a la camioneta.

En cuanto cerró la puerta, el otro hizo rugir el potente motor, alejándose a toda velocidad.

Intuía cuál era su contenido. Lo mantuve cerrado hasta llegar a casa. Sara estaba embarazada; me recibió con un tierno beso, como siempre. Muy serio, le dije que me siguiera a la recámara.

—¿Qué traes? —preguntó Sara.

Puse el maletín sobre la cama.

—¡Está bonito! ¿Quién te lo regaló?

—La Hiena —contesté mirándola a los ojos.

Al escuchar de quien se trataba, su cara se descompuso. Con la respiración un tanto agitada, me senté al borde de la cama. Lo puse sobre mis piernas, inhalé y exhalé, levanté los seguros y medité…

—¡Ya!, ¡ábrelo! —gritó Sara desesperada.

—¡Cálmate! Eso estoy haciendo.

Al abrirlo, nos asombramos. Estaba repleto de billetes de cien dólares. Sara comenzó a sacarlos; era mucho dinero.

—¿Qué vas a hacer con este dinero? —preguntó sonriendo.

—Devolverlo. No puedo quedármelo.

—¡Pero con esto podemos comprar una casa!

—Sí, pero es dinero sucio; está manchado de sangre de tantos inocentes que han muerto durante esta maldita guerra interminable entre narcos. No puedo aceptarlo.

—Pero, Blas, ahora es tuyo. Está en tus manos, dale un buen uso. Además, es el pago por tu trabajo —comentó sobándose su abultada barriga.

—Ya pagaron mis honorarios en el despacho. Este dinero está de más — argumenté tomando con ambas manos varios billetes.

—Es muy complicado, Blas —respiró profundamente y continuó—, porque, por un lado, nos vendría muy bien este dinero. Se vienen gastos muy fuertes, estoy a punto de aliviarme; pero, por otro lado, tienes razón: esos dólares no son verdes, son rojos; fueron impresos con sangre —analizó al tiempo que comenzó a meter el dinero al maletín.

Cenamos en silencio y nos acostamos de la misma manera. Esa noche dormimos poco. Era demasiado tentador el dinero. Me imaginaba en una agencia comprando mi auto favorito, comprando ropa carísima, luego hospedado en un lujoso departamento o asoleándome en la mejor playa del país; pero también pensaba en todas esas personas secuestradas, extorsionadas, amenazadas, arrodilladas por esos criminales.

En toda esa gente que solo piensa en consumir droga, que se han convertido en zombis, en seres oscuros dispuestos a matar hasta a sus propios padres con tal de conseguir dinero para una dosis.

Imaginaba a esos policías y políticos corruptos que, en lugar de cuidar a la sociedad, se convierten en *cómplices* de los narcos, al protegerlos y permitirles que se adueñen de los pueblos y ciudades. Pensaba en todos esos cuerpos de personas inocentes destrozados a balazos, víctimas colaterales de sus enfrentamientos en las calles, restaurantes o bares. Recordaba a cientos de periodistas y abogados que han sido asesinados de manera cobarde. En los descuartizados que aparecen casi todos los días en las calles. Pensaba en los miles de jóvenes que se dejan llevar por ese halo de invencibilidad y esa vida llena de lujos que rodea a esos criminales o en aquellos chicos que desean trabajar de manera honesta, pero que, bajo amenazas, son forzados a unirse a esos grupos.

Entonces, tanto el que quiere como el que no, terminan como miembros activos de una organización criminal que los utiliza como carne de cañón. Y no solo ellos, terminan involucrados con el crimen organizado, también empresarios, pequeños comerciantes, agricultores, médicos, enfermeras, entre muchos otros, no tienen otra opción y si no colaboran, los matan.

De pronto, sentí que el cuerpo de Sara giraba una y otra vez; le pasaba lo mismo que a mí, pero preferimos quedarnos callados hasta que el cansancio nos venció.

Al día siguiente, me metí a bañar. Seguía dándole vueltas a lo mismo, recordando las pláticas con mi papá.

—Sara, voy a devolver el dinero —dije al salir del baño.

—Es muy difícil todo esto, pero apoyo tu decisión. Anoche recordé aquella frase de tu papá que mencionas muy seguido: «El dinero solo compra charcos de felicidad que pronto se evaporan» —terminó de pronunciar Sara al levantarse de la cama.

En cuanto llegué al despacho, me dirigí con el maletín a la oficina de Ruvalcaba y le expliqué la situación.

—No puedes hacerlo, Blas; lo tomarían como una ofensa.

—¡Pero entonces qué hago con este maldito dinero! Literal está maldito.

—¡No sé! ¡Regálalo! ¡Dónalo! Haz lo que quieras, pero no puedes devolverlo, porque te metes y nos metes en una broncota.

Al final, utilicé una parte para el enganche de mi casa, y el resto lo doné a varios centros de rehabilitación y asociaciones.

Esa situación fue muy complicada, pero salí adelante. No obstante, cuando creía que jamás volvería a saber de la Hiena, apareció de nueva cuenta en mi vida, ofreciendo mucho dinero por defender a uno de sus muchachos, que estaba acusado de violar y matar de manera brutal a una niña. Me negué. Esta vez, Ruvalcaba apoyó mi decisión.

Pero eso molestó mucho a la Hiena. Las amenazas comenzaron a llegar al despacho. Casi todos los días veíamos gente armada afuera; el ambiente era muy tenso. Días después, Ruvalcaba decidió cerrar la oficina. Si necesitábamos pasar por algún expediente, lo hacíamos; pero nos íbamos lo más pronto posible. Mis colegas trabajaban de la misma manera.

Era triste ver ese lugar tan desolado, pero teníamos que hacerlo así mientras se apaciguaba el asunto. Trabajar sin total libertad, con temor y amenazado, a veces, me causaba delirios de persecución. Estaba demasiado estresado, pero decidí no contarle nada a Sara, para no preocuparla, y fue un error.

Trataba de llevar mi rutina normal. Salía todos los días a la misma hora, me dirigía a los juzgados, litigaba y luego me iba a alguna cafetería a realizar todo el papeleo. Escuchar que Sara había conseguido trabajo me puso muy mal; pensé que, estando en la calle de manera más frecuente, iba a estar expuesta a algún ataque de la Hiena. Imágenes de mi esposa e hijo ensangrentados llegaron a mi cabeza. Eso fue la chispa que me hizo explotar.

Reventé, dejando salir un montón de coraje, frustración y, sobre todo, temor de que les hicieran daño. En otras circunstancias, tal vez hubiéramos discutido, pero nunca a ese grado. Al final, llegaríamos a un buen acuerdo y terminaría felicitándola por su logro, pero esa maldita angustia me hizo enloquecer.

• • •

Mientras tanto, Sara estaba angustiada. Blas no respondía el teléfono móvil. Había llamado a varios amigos, pero ninguno lo había visto. En el despacho, nadie contestaba. Desesperada, llamó a Mirna, su mejor amiga, a quien puso al tanto de todo.

—Se me hace que se fue a su pueblo con mami —respondió Mirna en tono burlón.

—¿Crees? ¡Sin avisarme! ¿Y si le pasó algo? —comentó exaltada.

—Amiga, primero cálmate. Si dices que se fue enojadísimo y no está con ninguno de sus amigos, lo más seguro es que haya ido a su pueblo —respondió con serenidad—. Por lo que me dices, creo que es un berrinche machista, ¡y qué raro!, no le conocía esos detallitos.

—¡Jamás se había comportado así! Se me hizo muy extraño, era como si fuera otro Blas. Pero ¿qué hago? Si hablo a Santa y no está, voy a preocupar a su mamá.

—Pues tienes que esperar hasta que marque.

—¡No puedo! Estoy muy preocupada.

—Pues insiste hasta que conteste y si no lo hace llámale o ve a Santa.

—Buena idea. En este momento, salgo para allá —dijo nerviosa.

—¡Estás loca! —resopló—. De por sí esa carretera es muy peligrosa a toda hora, imagínate en la noche. Además, está nevando. Espérate hasta mañana y, en ese instante, continúa llamándolo. Tiene que contestar en algún momento.

—Tienes razón, voy a estar insistiendo. Ojalá y responda y, si no, mañana salimos temprano Gonzalito y yo...

—Así es, Sara. Tranquila, todo va a estar bien. En el remoto caso de que no te responda, no viajes con Gonzalito; déjamelo a mí para que no vayas a preocupar a tus papás.

Mientras tanto, los limpiaparabrisas continuaban de un lado a otro. Su vaivén le hizo recordar a Blas el péndulo del viejo reloj de pared que se encontraba en casa de su tía Esperanza. Cada hora, el artefacto alemán tocaba una estrofa de la *Oda a la alegría de Beethoven* y luego emitía sonoras campanadas según la hora.

Dos veces por semana, su tía le daba cuerda con una llave de metal en forma de mariposa, que insertaba en una ranura de la carátula. El reloj era una pequeña réplica del que se encuentra en Santa Bárbara, que por mucho tiempo ha sido emblema del pueblo. Su torre se erige majestuosa entre varias fincas. Cuatro grandes carátulas informan la hora a los pobladores, y sus campanadas armoniosas, así como la melodía *Amor perdido*, resuenan en gran parte del pueblo.

A su padre le encantaba. Lo visitaba de manera frecuente y siempre estaba al pendiente de su buen funcionamiento. Quizá por eso Blas también le tomó aprecio. Su papá le contó que lo habían traído desde Alemania hacía muchos años. Con el paso del tiempo, comenzaron a contar leyendas misteriosas del reloj: decían que en sus entrañas sucedían cosas tenebrosas, como apariciones de fantasmas y hasta duendecillos.

Blas se quedó observando el movimiento de los limpiaparabrisas tan fijamente que lo fue hipnotizando, debilitando. Inhaló y exhaló varias veces antes de perder el conocimiento.

• • •

Es de noche. Corro descalzo por las calles de Santa Bárbara en medio de una espesa neblina. Huyo de alguien; estoy asustado. De repente, siento un fuerte dolor en mi pecho. Me detengo para revisarme. Desabrocho mi camisa y veo una gran ampolla al rojo vivo, exactamente en medio de mi pecho, la cual estalla en ese instante. No puedo continuar; duele mucho.

Angustiado, volteo hacia atrás; no se ve nada. Al devolver mi mirada al frente, observo que estoy parado justo enfrente del reloj público. Su torre es alta, tiene una pequeña puerta, la cual de pronto se abre.

Aparece un señor sonriendo. Es pequeño, algo gordito, calvo, de nariz boluda, barba entrecana muy larga y piel arrugada. Viste camisa verde, tipo medieval, y pantalón negro, más bien mallas. Extrañamente, siento un poco de alivio al verlo. Me invita a pasar. Lo sigo, pero quedó atrapado en la puertita. El pequeño hombre rápido da dos jalones a mi brazo, logrando que entre.

El lugar está oscuro, pero se puede distinguir una pequeña escalera. El dolor en el pecho se agudiza.

—Ahorita te curo —afirmó el señor con voz chillona y acento extranjero.

—¿Cómo sabe que estoy lastimado?

—Sé muchas cosas —contestó cruzándose de brazos—. Ven, sígueme.

—¿Quién es usted? —pregunté desconfiado.

—No temas. ¡Vamos!

—¿Adónde?

—A mi guarida —respondió al tiempo que comenzó a subir las escaleras—. Allá curaré tu herida, Blas.

—¿Cómo sabe mi nombre?

—Te dije que sé muchas cosas. Te conozco desde que naciste, así que tutéame. Luego, cuando creciste un poco, venías muy seguido a este reloj, acompañando a Chanito.

—Es cierto, venía con mi papá, pero ¿por qué nunca lo… te vi?

—Porque nunca necesitaste ayuda de un duende.

—¿Eres… un duende? —pregunté sorprendido.

—Y de sangre verde —respondió orgulloso—. Ahora sube.

Obedecí, pero al subir, sentí un dolor que me hizo gritar.

—No seas chillón, ya te voy a curar.

Subí por la escalerita con dificultades, pero logré llegar hasta donde estaba el duende, quien ya me esperaba sentado a un lado de la maquinaria del reloj. Los engranajes crujían, moviéndose de manera sincronizada.

Observé que en la parte de arriba había cuatro ventanas que emitían luz. Pronto me di cuenta de que eran las carátulas del reloj. Estaba dentro de un reloj. El reducido lugar olía a aceite añejo y a humedad.

—Siéntate —dijo al abrir un pequeño frasco de contenido rojizo.

—¿Qué es? —pregunté, obedeciéndolo.

—Confía en mí —pidió mientras abría el frasco.

Embarró uno de sus pequeños dedos y luego untó la pomada pegajosa en mi ampolla.

El dolor desapareció casi al instante, relajando todo mi cuerpo.

—¿Cómo le hiciste?

—Secretos de duende —contestó sonriendo.

—Pues gracias... ¿cómo te llamas?

—Soy Juanjuín Pampoya, vigilante del reloj y curador de ampollas del cuerpo y, sobre todo, del alma —respondió mientras extendía su pequeña mano.

En ese momento, el reloj emitió varias campanadas melodiosas, avisando que eran las doce.

—Mucho gusto —contesté apretando levemente su mano—. Y, ¿desde cuándo vives aquí?

—Desde que el reloj llegó a Santa Bárbara —aseguró mientras observaba una de las carátulas—. Te cuento: cuando el barco procedente de Alemania que transportaba esta maquinaria pasó por mi isla, vi una hermosa mujer en la proa. Me enamoré de ella.

»Era demasiado joven e impulsivo; yo no sabía que un duende no se puede enamorar de un humano, y subí al barco. Creí que la iba a conquistar y luego la llevaría a mi aldea. Pero ella no podía verme, a menos que necesitara ayuda. Para mi infortunio, eso no ocurrió durante el viaje.

Entonces regresé a la isla muy decepcionado, pero cuando llegué, un emisario de nuestro rey fue a notificarme que estaba expulsado. No podía permanecer allí, y si quería mantener mis poderes, tenía que cuidar de manera perpetua uno de los relojes que llevaba el barco. Afligido, volví al barco y entré a la primera caja que vi. Luego de varios meses, llegué a este pueblo.

—Debe haber sido muy difícil. Te quedaste totalmente solo y luego, nomás, encerrado en este lugar, pues peor tantito.

—Sí, al principio fue muy complicado, pero poco a poco me acostumbré a mi nueva vida. Además, ser duende tiene sus ventajas: puedo desplazarme al lugar que desee, puedo observar a muchas personas sin que ellas me vean. Claro, hago todo eso sin descuidar a mi amado reloj. Soy su soldado.

—Pero ¿qué vigilas? Ni modo que roben este relojote.

—Cuido que no dañen su maquinaria, la torre, todo el reloj —aseveró acariciando la maquinaria—. Este reloj se convirtió en una extensión de mi cuerpo. Si alguien lo daña, me lastima a mí, y créeme, estará en graves problemas.

—¡Oh! Pero, que yo sepa, nadie lo ha dañado.

—¡Te equivocas! Varios malvados lo han hecho.

—¿De verdad? ¿Y qué les has hecho?

—Los maldigo eternamente —aseguró desorbitando sus ojos—. Una vez Rodolfo Ruiz, sintiéndose amo y señor del pueblo, entró aquí junto con otro. Estaban borrachos. Rodolfo quebró una de las carátulas, mientras su joven acompañante dañó parte de la maquinaria, dejando herido a mi amado amigo. Fue un grave error. ¿Sabes cómo terminó Ruiz verdad?

—Sí —respondí boquiabierto.

—Pero, así como he maldecido a algunos por sus fechorías, también he bendecido a otros por sus buenas obras. Tu padre fue uno de ellos.

—¿Lo conociste?

—Por supuesto —respondió sonriendo—. He sido testigo de su bondad con la gente y hasta con mi reloj. Venía muy seguido a darle una manita de gato. Pero no creas que lo bendije solo por eso. Lo hice porque era una buena persona. Además, sin saberlo, me hacía compañía.

—¿Alguna vez te vio?

—Nunca. Pero luego que murió, sí; de repente viene a visitarme. Somos buenos amigos.

—Entonces, ¿mi papá se convirtió en un duende? —pregunté asombrado.

—Claro que no; es imposible. Pero recuerda que, de vez en cuando, las almas de los muertos salen a pasear —aseveró al tiempo que aleteó sus brazos, elevándose hasta el techo de la torre para luego dar un giro completo en el aire.

—¡Es asombroso! —exclamé—. Me encantaría hacer eso.

—Y si la tuvieras, te aseguro que pedirías otra cosa. Los humanos son inconformes por naturaleza con lo que tienen. Gastan su tiempo añorando cosas, sin valorar lo que tienen.

—Es cierto.

—Siempre hay que valorar lo que se tiene —dijo tomando mi hombro—. Yo maldije muchas veces cuando aquella mujer no podía verme. Mientras estuve en ese barco, deseé ser humano para que me viera y se enamorara de mí; pero tiempo después, una buena amiga me enseñó a valorar mis virtudes y también a aceptar mis limitaciones.

—¿Quién?

—La soledad.

—Pero a veces es mala consejera.

—Si eres sincero contigo mismo, no.

—Pero lo ideal es contarles tus problemas a tus amigos, hermanos o alguien cercano —argumenté al tiempo que observaba unos engranajes que crujían.

—Puede ser, pero también un momento en soledad, hablándote a ti mismo con total honestidad, bastará para encontrar un buen consejo.

En ese instante, llegó a mi mente la hermosa imagen de mi hijo recién nacido.

—¿Alguna vez fuiste niño? —le pregunté, impulsado por el recuerdo de Gonzalito.

—¡Claro! Tenemos un proceso de crecimiento similar al de ustedes, pero nuestra infancia dura casi cincuenta años.

—Igualito que nosotros; hay varios que, después de los cuarenta, siguen comportándose como niños de diez —afirmé sonriendo.

—Es la mejor etapa. La palabra imposible no existe para un niño; todo lo que imagina está convencido de que lo logrará —reflexionaba sentado en un engranaje que giraba de forma lenta.

—Cierto. Conforme pasan los años, nos vamos convirtiendo en personas temerosas, hasta cautelosas. Muchos se quedan en su zona de confort y ya no se atreven a arriesgar nada. Su vida se vuelve algo aburrida, formando parte de un manso rebaño de borregos. Y la magia desaparece de su vida. ¡Cuidado! —grité al ver que otro engranaje se aproximaba a su cabeza.

—Tranquilo, no pasa nada —manifestó al tiempo que pasó a través de su cuerpecillo—. Te dejaste llevar por el temor de adulto.

—Tienes razón —sonreí—. Todos los adultos deberíamos convertirnos en niños al menos una vez al año. Sería una inyección de energía, de alegría, de paz.

—¿Y por qué no lo hacen?

—No tenemos poderes mágicos como tú.

—¡Otra vez, Blas! Claro que puedes lograrlo. Quizás físicamente no, pero puedes convertirte en niño cuando tú quieras. Es cuestión de que te relajes y dejes volar tu imaginación. Recuerda que, conforme vas creciendo, vas contaminando tu mente. La gente va dictándote lo que debes hacer y lo que no. Quítate esas telarañas de la cabeza y sigue adelante. Sé osado, sé temerario, como un niño. ¡Anda! ¡Hazlo!

• • •

En ese momento, Blas abrió los ojos sobresaltado. Observó que continuaba en su auto. No supo cuánto tiempo había permanecido inmóvil. Luego trató de acomodarse en el asiento para seguir conduciendo.

Otras huellas

1

Un hombre que superaba los treinta años, de tez morena y con una obesidad que se acentuaba más por su baja estatura, se dirigía a Santa Bárbara en una llamativa camioneta color azul. Una repentina nostalgia lo invadió; decidió visitar su pueblo natal después de estar muchos años ausente. Su complexión no intimidaba a nadie, pero sus profundos ojos negros sí.

—¡Pinche tortuga! —vociferó mientras rebasó un vehículo—. En carretera se debe ir en chinga, mínimo a 150. Si el mugrero que traen no los levanta, pos mejor que ni salgan —vociferó arrogante, al tiempo que vinieron a su mente imágenes de él cuando era niño.

• • •

De chavillo nunca me gustó ir a la iglesia. Pobrecita mi jefa, siempre batalló conmigo, pero mi apá me convenció de ir al catecismo a punta de chingazos. Además, me convenía, pos podía ver de cerquita cada sábado a Isabelita, la catequista, que estaba rebuena. También aprovechaba para practicar box; como yo era de los más grandes, siempre madreaba a los mocosos que andaban de fastidiosos.

Una vez, estaba muy entretenido viéndole las piernotas a Isabel, y llegó muy apurado Rodolfo Ruiz, el güey más rico del pueblo. Yo era la estrella del equipo infantil de béis que él patrocinaba. Se dirigió conmigo de volada; a Isabel ni la peló. Preguntó por el cura Jacinto. Le dije que estaba metido en su oficina. Cuando iba para allá, se lo encontró. Ruiz comenzó a gritar que tenía un problemón. Como había puros chavitos, no le importó que lo oyeran, pos ni entendían, pero yo sí.

Había mandado golpear a Lupita, una de las más bonitas del pueblo, porque no quiso bailar con él la noche anterior. Eso lo encabronó y, como andaba bien pedo, luego, luego mandó a dos de sus gatos a darle un susto; pero se les pasó la mano porque andaban borrachos y drogados; le habían dado una chinga, dejándola bien jodida. Ruiz estaba muy arrepentido y quería el perdón de Dios. El de la policía ya lo tenía comprado.

Jacinto muy tranquilo, le dijo que no se preocupara; todo el dinero que daba a la iglesia cada semana era suficiente para el perdón del mero mero, y le dio la bendición. Rodolfo, sonriente, sacó su cartera, entregó varios billetes y se fue retecontento.

Desde que vi eso, entendí que todo se puede comprar con dinero. Ese pinche viejo me lo enseñó. Rodolfo fue mi ejemplo. Nunca vi que le fuera mal, y todo porque tenía mucho dinero. Me gustaría encontrármelo pa decirle: «Mire, yo también estoy billetudo como usted».

• • •

En ese instante, acarició el tablero de su camioneta. Luego hizo lo mismo con su ostentoso teléfono móvil y finalizó apretando un macabro dije de oro que colgaba de su cuello, sostenido por una gruesa cadena del mismo metal. Continuó metido en sus recuerdos.

• • •

Cuando me pelé de Santa, un trailero me dio *raite* hasta la frontera. Anduve mucho tiempo vagando en la calle, durmiendo en plazas, casas abandonadas o debajo de puentes. Luego, luego conocí gente, compañeros del mismo dolor. Algunos echan la mano sin pedir nada a cambio, son buenas bestias, pero también hay mucho ojete convenenciero.

Muchos viejillos mañosos que navegan con piel de oveja tienden la mano, pero al rato te quieren coger. Lo bueno es que siempre supe defenderme y, de volada, me los madreaba cuando se querían pasar de listos.

Eso me hizo famosillo entre los que vivíamos abajo del puente. Ganaba dinero limpiando parabrisas. Después, un güey que había trabajado en un circo me enseñó a hacer malabares y anduve de cirquero un rato. Hasta que el Coralillo, un compa bien carita, conoció a Plutarco, le decían la Hiena, un narco rarito que estaba reclutando puro chavillo para su banda. Primero lo invitó a él y luego me jaló a mí.

Vivíamos en una casota bien chida. Había de todo: videojuegos, billar, comida, cerveza, droga…, lo que quisiéramos. Todo eso, por un trabajo bien fácil: teníamos que avisar si andaban contras o batos que parecieran policías en nuestro territorio.

El pobre Coralillo sí tenía que jalar horas extras, haciéndole favorcitos al jefe. Lo bueno es que siempre estuve gordito; nunca le gusté al jefe. A ese güey le gustaban flaquitos como el Coralillo.

Yo siempre contaba que había matado en una bronca a un güey en mi pueblo, y como veían que era bueno pa los trompos, pos me creían. El patrón se enteró y me dio mi primera chamba: chingar a una señora que se andaba pasando de lista y vendía sin permiso en nuestro territorio. Acepté de volada, total, ya me había chingado a un güey.

Llegamos a su cantón en un carrito último modelo, bien chido. El Coralillo y otro bato que era bueno pa manejar venían conmigo. Mi compa me pasó la 9 milímetros y, sin pensarlo, bajé. Toqué a la puerta. Ya sabíamos que la ruca estaba sola. Abrió. Me temblaba la mano, pero, de volada, sin pensarlo, le metí un balazo en la cabeza. Su sangre saltó pa todas partes, salpicándome la cara. Quedé un ratito medio *shockeado,* la neta.

La ñora cayó al suelo de chingadazo. Como todavía se estaba moviendo, le metí otro vergazo y saltó otro chorro de sangre. Me quedé viéndola. En eso oí que me gritaba el Coralillo. Eso me hizo reaccionar. De volada corrí al carro, subí y nos pelamos.

Cuando regresamos, el jefe me felicitó frente a todos. Dijo que era un chingón y me dio una buena lana. Me sentí bien chido por ese reconocimiento, y desde ese día le soy más fiel que un perro.

Ha sido un gran patrón. Paga muy bien, tanto que después compré una buena casa, pero casi ni estoy allí. También he comprado mis buenas troconas, que utilizo pa cumplir las órdenes del patrón. Ando por todas partes cumpliendo sus encargos, y como tiene cantones en muchos lugares, pos por cama no batallo.

Tiempo después pude contactar a mi jefita por teléfono. Me aseguró que podría regresar cuando quisiera. El Chabelo estaba vivito y coleando. Solo le había hecho una cortada en el brazo y ni siquiera demandó.

Al principio me saqué mucho de onda, pero después entendí que fue lo mejor. Pos si no hubiera huido, no tendría nada en la vida. Sería un pinche borracho todo jodido, el hazmerreír del pueblo... como mi papá.

• • •

Observó su ostentoso reloj dorado. Marcaba las diez en punto. La hora le recordó la sirena de la compañía minera, que se escuchaba en gran parte del pueblo, avisando los cambios de turno. En ese instante, aceleró a fondo, a pesar de que comenzó a nevar.

• • •

—¡Uuuh!, pinche sirena pedera.

Al oírla, las viejas del pueblo se alegraban, pos les avisaba que sus esposos pronto llegarían. Bueno, había varias que se encabronaban porque andaban de pirujas. El pitido de las diez de la noche ordenaba a los chavillos agarrar camino pa su casa. Todos salían corriendo pa que no los regañaran. A mí ni me decían nada; yo podía quedarme hasta la madrugada sin pedos, pero, pos, los imitaba pa no desentonar.

Mi primer beso fue despuesito del pitido de las diez. Me lo dio Rita. Era una chulada: blanca, de pelo negro azabache, ojos azules. Me gustaba desde la primaria. Nos llevábamos bien, pero en ese entonces me latía más el beis. Años después, cuando la vi con su uniforme de secu, terminé enamorado. Aunque siempre andaba mugroso y apestoso, tenía mi pegue por ser la estrella del equipo.

Ella nunca iba a los partidos, pero recuerdo una vez, ya cuando estábamos en secu, fue a verme jugar. Cuando vi que estaba en las gradas, pos me lucí: me la volé varias veces y hasta piché el partido completo. Al final, solo me saludó a lo lejos. Me sentí un poco mal, pero rápido lo olvidé porque Ruiz nos llevó cervecita. Ese día estuve cotorreando hasta las diez con los del equipo y, como siempre, la mayoría, al escuchar la sirena, pelaron pa sus casas. No me quedó de otra que hacer lo mismo.

Como yo era el que vivía más lejos, me aventaba un tramo caminando solo. De pronto, un carro se me emparejó. Lo manejaba Saúl, un chavillo que me caía en los huevos. Se detuvo. Seguí caminando. De pronto, oí una voz de mujer: era Rita. Se bajó y corrió a abrazarme. Yo estaba sacado de onda, pero me dejé querer.

—¡Felicidades, campeón! —dijo y me dio un beso en la boca.

Al igual que yo, olía a cervecita. Después se separó sin decir nada, subió al carro y se fueron. Creí que por eso ya éramos novios. Ni dormí en toda la noche. Al día siguiente llegué emocionado al salón. Sonreí cuando la vi llegar; me dirigí bien rápido a ella; quería que todos vieran que era mi morrita. Pero cuando me iba acercando, vi que se dio un besote con Blas, mi mejor amigo. Sentí bien gacho. Me largué y ya no regresé a la escuela. Estaba decepcionado del amor y de mi dizque amigo.

• • •

Fijó su vista en la carretera y apretó el volante con mayor fuerza, mientras pensaba:

«Mendigo Blas, de seguro aún vive en Santa. Debe ser inge, y trabaja en las oficinas de la compañía minera, con buen puesto, regalado por su papi. Casado con Rita y con un montón de mocosos bien malos para el beis.

Estaba muy enamorado de Rita, y cómo no, si estaba chulísima. Me dolió mucho que se besara con Blas. Aunque eso pasó cuando éramos chavillos, me afectó un chingo y, desde esa vez, no creo en el amor, tampoco en la amistad. He tenido buenos compas, pero no son neta, no son sinceros, más en este negocio; están conmigo porque siempre quieren algo a cambio. Pinches convenencieros. Siempre muestran el cobre.

También he tenido un chingo de viejas, pero de ninguna me he enamorado, y eso que están requetechulas y buenotas, muchas llenas de silicón por todas partes, pero buenotas al fin y al cabo. Esas solo quieren lana o fama. Quieren demostrar que son muy cabronas, que andan con batos pesados, con gente mala, y a cada rato andan de creciditas. Presumen que nosotros las protegemos. Se sienten bien chingonas, y a veces sí las cuidamos, pero en este negocio no hay que abrir el hocico de más, y si lo haces… pos te carga la chingada».

• • •

De pronto, su vehículo comenzó a cascabelear y a hacer ruidos extraños. Asombrado, observó en el tablero luminoso que la aguja de temperatura subía rápidamente.

—¡Ah, cabrón!... ¡Pos si es casi nueva! ¿Por qué está fallando esta chingadera?

Un tanto confundido, disminuyó la velocidad y tomó una brecha de terracería.

—Ni pedo, voy a tener que buscar un mecánico en San Bernardo —pronunció en voz baja, mientras apretaba el volante—. Ya es bien tarde; a ver si consigo a alguien. Pero, aunque lo consiguiera, con esta nevada no va a poder hacer nada. Pues lo sacó hasta debajo de las piedras, y si se pone mamón, tendré que convencerlo —dijo acariciando una pistola con cachas doradas que traía a su lado.

Luego de varios ajetreados y resbaladizos kilómetros, una estatua de un minero que sostenía una gran perforadora, y que comenzaba a cubrirse de blanco, le dio la bienvenida. El lugar se veía solitario. Se dirigió a una placita con lámparas lagañosas, que lucía abandonada.

Angustiado, observó que la aguja del tablero topaba en la última marca roja. Si no hacía algo rápido, el motor reventaría. Pero no había quien lo auxiliara. Las casas lucían lóbregas, parecían deshabitadas. Nervioso, giró la cabeza de izquierda a derecha. De pronto vio que en una casona se encendió un foco.

De manera rápida descendió, sin apagar la camioneta. Se fajó su pistola en la cintura y llegó hasta un portón de madera, tocando con fuerza. Del otro lado respondió una voz de mujer. De manera rápida, explicó la situación.

—Hmmm… no, Chonito era el único mecánico del pueblo, pero se fue pal otro lado hace como tres años.

—Entonces regáleme agua. Tengo que enfriar el motor —clamó desesperado.

—¿Enfriarlo?, pos nomás póngalo en la nieve y ya.

—¡No! ¡Necesito agua, por favor! ¡Se la pago!

Un instante después, el portón se abrió, apareciendo una viejecita de tez morena. Llevaba camisa blanca, pantalón rojo holgado y un delantal azul de cuadritos encima.

—Allá en la pila hay agua, mijo. A ver si no está cuajada —dijo mientras le entregaba una cubeta.

El hombre, sin decir palabra, tomó el balde y rápido se dirigió al contenedor de cemento. El agua apenas comenzaba a congelarse; pudo sacarla sin problema. A pesar del excesivo peso, se movía muy rápido Quitó el tapón del radiador y vació el agua, dándose cuenta de que no traía nada de líquido.

—¡Ah, cómo estoy pendejo! Desde que la compré nunca le chequé el anticongelante —lamentó, frotándose la frente.

Luego de ir y venir, la temperatura se estabilizó y el poderoso motor dejó de crujir.

—Muchas gracias, señora —expresó con voz jadeante—. Me salvó la vida.

—Qué bueno, mijo —respondió la anciana con dulce tono.

—Pos otra vez gracias. Me retiro, doña…

—Candelaria. Todos me conocen como doña Cande. Y ¿hasta dónde vas?

—A Santa. Soy de allá, pero tengo muchísimos años que no voy.

—¡Ah, eres de Santa…!, pos te falta algo de camino. No creo que la nieve te deje llegar. Espérate un ratito a ver si se calma la nievecita y, por mientras, te echas un taco. Te ves hambriento—expresó mirándolo fijamente a los ojos—. ¿Y cómo te llamas?

—Me llamo Pedro, y acepto. La mera neta sí traigo mucha hambre.

Pedro fue a dejar el balde cerca de la pila, llamándole la atención una camioneta roja, cubierta de polvo, que se encontraba al fondo del patio.

—Pásale, mijo. ¡Vente! Vamos a la cocina; ahorita te sirvo unos frijolitos bien sabrosos. Por cierto, hace algunos años conocí a unas personas de Santa —comentó al tiempo que movió un poco su cabeza hacia atrás y su mirada se quedó fija en el techo.

Comenzaba a anochecer en San Bernardo. La joven Candelaria se dirigía emocionada a su casa, pues más tarde Ezequiel, su novio de toda la vida, pediría su mano. De pronto, un auto destartalado con dos borrachos a bordo se le emparejó.

—¿Qué pasó, mi reina? ¿Te llevamos? —preguntó el conductor con ojos vidriosos.

—No… gracias, ya voy a llegar —respondió nerviosa.

—¡Párate, párate! —ordenó exaltado el otro—. La voy a subir.

El vehículo cerró su paso. Candelaria intentó huir, pero uno ya había descendido. Jalándola de los cabellos la subió al auto. El carro se alejó rápido zigzagueando. Ella suplicaba a los hombres que no le hicieran daño, pero ya habían mutado en bestias sordas y crueles. En cuanto estuvieron lejos del poblado, la bajaron de la misma forma que la subieron, azotándola contra el suelo. Cobardemente la golpearon en el rostro y en el cuerpo, desgarrando vestido, ropa íntima, virginidad, la vida misma.

—¡Ya deja de llorar, pinche vieja! —dijo uno de ellos al tiempo que subió sus pantalones.

—¡Apúrate! ¡Que llegamos tarde a Santa Martha! —gritó el otro, que ya lo esperaba con el motor encendido.

Eso fue lo último que escuchó Candelaria antes de perder el conocimiento.

—Doña Cande, doña Cande —repitió Pedro.

—Ay, perdón, mijo, me perdí en mis pensamientos.

—Ya me di cuenta. Le preguntaba que si vive sola.

—Sí, vivía con mi mamá, pero ella murió hace como veinte años —respondió afable, al tiempo que acercó un plato humeante repleto de frijoles —. Toma, ponle de este —dijo, entregándole un pedazo de queso y un cuchillo—. Ahorita te hago una bebida muy sabrosa.

—¿Y tiene hijos? —preguntó Pedro, arrastrando una silla guanga de madera hacia la mesa—. Lo pregunto por la troca que tiene en el patio.

—No, nunca me casé —respondió melancólica—. ¡Ah, esa troca!... es de un sobrino. Ahí la dejó, mientras regresa del otro lado —afirmó, quedándose pensativa de nuevo—. De joven estuve a punto de casarme con Ezequiel, así se llamaba mi novio, pero debido a un problemita que tuve, ya no se hizo la boda.

Candelaria entregó una taza humeante que contenía un líquido verdoso. Pedro, al ver que su semblante ensombreció, optó por comer y ya no hacer más preguntas.

Al finalizar, Pedro utilizó su dedo índice como cuchara para comer la última hebra de queso. Luego dio un sorbo a la taza y se levantó de la mesa.

—Pos gracias, doña. Repito, me salvó la vida. Me tengo que ir. Aunque está gacha la nevada, tengo que continuar mi camino.

—Pero, mijo —expresó de manera tierna—, es peligroso que te vayas así. Ya arreció la nevada.

—Mi camioneta es poderosa; aguanta todo... Bueno, ahorita falló porque se me durmió con el anticongelante, pero mañana lo consigo, y andará como si nada hubiera pasado.

—¡Ay, mijo!, pos te vas porque quieres.

—Le voy a dejar una ayudita, doña.

Cuando se disponía a sacar su cartera, Pedro sintió un fuerte dolor en la boca del estómago que lo hizo aullar. Luego tuvo náuseas, doblándose hasta caer al suelo. Candelaria, lentamente y con dificultad, se inclinó hasta acercar su rostro al de él.

—¿Qué me pasa? —preguntó desconcertado, mientras de su frente brotaban grandes gotas de sudor. Luego exigió enojado—: ¡Ayúdeme, pinche vieja!

Candelaria aproximó aún más su rostro, hasta quedar casi pegado al de Pedro, y mirándolo con desprecio, susurró:

—Aquí te vas a quedar, perro.

—Pero... ¿por qué? —preguntó casi chillando.

—¡Porque tu gente me hizo mucho daño!

—¡Ah, chingado! Es de los contras. ¿Pos pa quién trabaja, mendiga vieja?

—Toda la gente que sea de Santa… Martha, está maldita, y los voy a hacer sufrir porque ellos me hicieron sufrir a mí —respondió Candelaria, mirándolo a los ojos—. Todos los de ese pueblo son unos cerdos repugnantes. ¡Son unos violadores malnacidos! —gritó abriendo los ojos de manera exagerada.

—¿De… qué chingados… habla? —atinó a decir, al tiempo que se retorcía del dolor—. Yo… soy… de Santa… Bárbara.

Al decirlo perdió el conocimiento.

—Ni aguantas nada —dijo Candelaria, ignorando lo que había dicho Pedro—. Estás pesadito —pujó al momento de alzarle la cabeza con una mano, mientras con la otra alcanzaba una taza, dándole de beber su contenido. Parte del líquido escurrió por la boca de Pedro. Comenzó a masajearle el pecho, luego la abultada panza—. ¡Ah, pero si vienes empistolado, mijito! Pos esta pistolita se queda aquí. En una de esas me querías asaltar o… matar, y yo abriéndote la puerta. ¡Qué sonsa!

Dejó sobre la mesa la llamativa arma. Se levantó, tomó ambas piernas de Pedro y comenzó a arrastrarlo, haciendo un tremendo esfuerzo, hasta que logró sacarlo de la cocina. Luego se detuvo en el pasillo, mientras resoplaba una y otra vez.

2

Pedro abrió los ojos. El dolor en el estómago había disminuido un poco. Se encontraba acostado en una habitación que olía a humedad. Un foco con luz amarillenta iluminaba solo una parte del lugar, que lucía muy sucio. Las gruesas paredes estaban resquebrajadas, dejando ver el adobe con que se construyeron, mientras las vigas de madera añeja que soportaban el techo de lámina estaban repletas de telarañas.

Luego observó que, frente a él, se encontraba una anciana de baja estatura y un hombre alto que reconoció de inmediato. Su inesperada presencia lo alteró; intentó huir del lugar, pero no pudo. Estaba paralizado desde el cuello hasta los pies, solo podía abrir y cerrar los ojos. Quiso hablar, pero solo emitió un gruñido.

—Oiga, se ve un poco inquieto, como que necesita algo, ¿no? —preguntó azorado el hombre, al tiempo que observó la cama antigua de latón donde se encontraba acostado.

—¿Qué chingados es todo esto? Esta vieja me confundió, pero ¡y ese güey! ¡No puede estar aquí! Entonces, la loca… no me confundió. ¡Qué pendejo soy! ¡Me pusieron un cuatro!… Son de los contras, son enemigos ¡Pero no puede ser! ¡No es posible! —pensó Pedro angustiado.

—Así se pone mi hijito Pe…, Fer… mín… Sí, Fermín, cuando despierta y ve gente. Como dicen en el pueblo, se vuela cuando hay visita —expresó sonriendo la anciana.

—¡Pinche vieja loca! ¿Su hijo? ¿Fermín? ¡Mentirosa! —reclamó en su mente mientras desorbitaba sus ojos y su corazón se aceleraba—. Me dio algo en la comida. Ese güey le dijo que lo hiciera —intentó moverse nuevamente, pero no pudo—. Trabaja para él, pero ¿Cómo llegó ese güey aquí? No sé qué pasó, pero ¡pinche vieja, voy a trozarla! ¡Tengo que hacer algo pa largarme de aquí! ¡Estoy bien atorado!

—A lo bueno que escuché tus toquidos, porque nomás me duermo y ya no oigo nada. Puede pasarme un tren encima y yo ni cuenta. Con esta nievecita que se vino, te hubieras congelado allá fuera —aseguró Candelaria.

—La verdad sí, gracias por permitirme estar aquí, al menos hasta que disminuya un poco la nevada.

—Ni te fijes, puedes quedarte el tiempo que gustes. Además, me caíste del cielo, gracias por echarme la mano pa traer a mijito a su cama. Está bien pesadote, no sé qué hubiera hecho. ¡Oye!, por cierto, debes traer hambre, ¿no? —preguntó la anciana palmeándole la espalda.

—Un poco —respondió sonriendo.

—¡Muy bien! Ahorita te traigo un poco de comida y una bebidita que, con estos fríazos, te va a caer bien sabrosa... Así que, ¿vas a Santa? —preguntó pensativa Candelaria.

—Así es, señora.

Pedro trataba de comprender lo que ocurría, pero cada vez que los escuchaba hablar se confundía aún más. Entonces no trabajan juntos y ¿a poco ese güey es de Santa? Pero ¿Cómo llegó hasta aquí? ¿Por qué dice que es mi madre esa loca? De seguro también lo va a entiesar como a mí.

—Pues te falta algo de camino —comentó Candelaria.

—Sí, un poquito. ¿Y de qué está enfermo su hijo, señora? —preguntó, observándolo. Luego subió la mirada al techo con telarañas.

—Así nació, una rara enfermedad. Nunca la encontraron los doctores. No se puede mover y tampoco habla, pero escucha muy bien y comprende todo —respondió con la cabeza agachada.

»Pero, a pesar de su fea enfermedad, ha sido una bendición para mí, pos es mi única compañía desde hace como... —hizo una pausa mientras observaba el rostro de Pedro—, desde hace treinta... y siete años ya, fíjate. Pasa el tiempo volando, mijo, pero déjame te traigo la comida —afirmó encaminándose al pasillo—. Siéntate en aquella silla.

Pedro alcanzó a observar que Candelaria se retiró. Su mente continuaba saturada de pensamientos:

«¡Ahora resulta que nací enfermo! Ni mi edad sabe. ¡Pinche vieja loca! ¿Este güey no debería estar aquí?».

El hombre se acomodó en una silla que dejaba ver el contenido de su asiento acolchonado. Pedro se percató de que lo observaba sin desviar la mirada. ¡Me va a matar! ¡Chingado! ¡No tengo con qué defenderme! —pensó angustiado. En ese momento, Candelaria regresó con un plato de frijoles y una taza humeante.

—Y, a todo esto, ¿cómo te llamas? —preguntó al entregarle el plato y la taza.

—Soy Blas Espíndola, mucho gusto y a sus órdenes, señora —respondió sonriente.

Al escuchar esto, Pedro desorbitó los ojos; su corazón se aceleró aún más. Estaba frente a su amigo de la infancia. Llegaron imágenes desde que lo conoció: las aventuras que pasaron de niños, las tardes divertidas en su casa, lo bien que lo trataban sus padres. Recordó a Chanito, quien había ayudado a salvar su vida. Eugenia, que lo alimentó por varios años.

Pedro alcanzó a mirar que tomaba el brebaje de Candelaria.

—Muchas gracias, doña Cande. Sus frijoles, deliciosos, y su té, ni se diga —dijo al tiempo que se levantó de la silla—. Tengo que irme, mi familia me espera.

Al escuchar que se despedía, Pedro se alteró más. ¡Espera, Blas! ¡No me dejes aquí! ¡Soy tu amigo! ¡Soy Zorrillo! ¡No te vayas! —exclamó desesperado en su mente.

—Pos te vas porque quieres, mijo, pero tómate otra tacita de té antes de irte, pa que te agarre el frío bien calientito.

—Gracias, me la tomo.

Al escuchar esto, la angustia de Pedro se convirtió en alegría. ¡Qué bueno! Lo va a entumir como a mí. ¡No me voy a quedar solo!

—Aquí está, mijo. Ya te la tenía lista —dijo Candelaria extendiéndole una taza humeante.

Blas la tomó sonriendo y bebió de manera rápida el líquido.

—Pues muchas gracias, doña Cande —contestó estrechando su mano—. Verá que un día de estos vengo a visitarla. Cuídese y cuide a su hijo; la necesita.

—¡Claro que sí, mijo! —exclamó apretando con ambas manos la de Blas—. Y cuando gustes, eres bienvenido. Y pos... Fer... nando va a estar mejor, te lo aseguro.

—Pero... dijo que se llamaba Fermín, ¿no?

—¡Ay, sí! Fer... mín. A mis años, todo se me olvida, mijo. Hasta el nombre de mi hijito. ¡Qué bárbara! —respondió sonriendo.

La alegría de Pedro se transformó nuevamente en angustia al ver, hasta donde pudo, que a Blas no le hizo daño el té. Se retiró del lugar, pero un instante después, apareció frente a él con rostro siniestro. Sus ojos despedían una brillante luz roja que se convirtió en sangre y comenzó a rodar sobre sus mejillas.

De pronto, los ojos fueron desorbitándose poco a poco hasta saltar de sus cavidades, brotando un torrente de sangre que salpicó el rostro de un Pedro aterrorizado. Luego, observó que le apuntó con su propia pistola de cachas doradas.

De repente, apareció Candelaria con un rostro dulce que se fue distorsionando, alargándose hasta convertirse en demoniaco. Al final, soltó una escalofriante carcajada, dejando ver varios huecos en su dentadura. Después, un hombrecillo diminuto surgió al pie de su cama y comenzó a correr por el lugar, dando volteretas en el aire mientras se carcajeaba.

• • •

Pedro abrió los ojos sobresaltado, su corazón estaba más agitado que nunca.

—¡Ay, güey! ¡Qué sueño tan culero tuve! ¡Qué bueno!... ¡Ufff! Todo fue una mendiga pesadilla. ¡La vieja loca! ¡El cuarto apestoso! Y hasta Blas, que se parecía mucho a… —pensó, pero luego miró a su alrededor y se dio cuenta de que estaba en la misma recámara y continuaba sin poder moverse.

»¡No puede ser! ¡No es un sueño! Estoy en la casa de la pinche vieja que me chingó con sus mendigas pócimas. ¿Qué es esto? Pero si no fue un sueño, ¿dónde está Blas? ¿Por qué se parece tanto a…? ¿O es él?... ¿Por qué no me di cuenta? Pero… ¡no es posible! ¿O sí? —atormentaba a su mente, una y otra vez.

3

El puente negro me dio la bienvenida, era una sólida estructura de acero que se encontraba justo en la entrada del pueblo. En ese instante pasaba una pequeña locomotora remolcando dos góndolas cargadas de piedras arrancadas de las entrañas de la mina. Toqué el claxon y, desde las alturas, el conductor agitó la mano respondiendo al saludo.

Continué mi camino, dirigiéndome al callejón que llevaba al reloj público. Bajé del auto y comencé a caminar hacia la torre. Llegué hasta la puerta, que se encontraba entreabierta; entré al reloj; pero de pronto escuché ruidos en la parte alta.

—¡Juanjuín! —grité de manera automática.

Nadie contestó. Observé la escalerita y ascendí por ella. El ruido continuaba, mi corazón palpitaba de forma acelerada mientras subía con dificultad. Cuando llegué a la parte de arriba, descubrí que el ruido venía de la maquinaria del reloj. El sitio olía igual que la vez anterior: a humedad y aceite. Permanecí un instante mirando de nueva cuenta el engranaje del reloj que crujía, y en eso surgió Juanjuín.

—¡Hola! ¡Bienvenido otra vez! —saludó Juanjuín con su voz chillona.

—¡Hola! —respondí.

De pronto apareció mi padre.

Quise ir a abrazarlo, pero luego sentí un gran temor. Decidí irme del lugar, pero el duende me detuvo.

—¡Espera! No pasa nada. Recuerda, te dije que de repente me visitaba.

Mi papá se aproximó con rostro amoroso, extendiendo sus brazos. Nos fundimos en un abrazo. A pesar de que su cuerpo estaba fresco, fue muy cálido. Permanecimos entrelazados por un rato, hasta que mi padre se apartó.

—Mijo, Blas —pronunció mirándome a los ojos—, siento mucho lo ocurrido. Me duele…

—Ha sido complicado, papá, pero no te preocupes —lo interrumpí—. En cuanto regrese voy a solucionar todo con Sara y, pues, también el otro asunto. No puedo ni debo tener miedo. Tal como me enseñaste.

—Mijo, ¡tienes que irte! —dijo de manera repentina.

Desconcertado, volteé con Juanjuín.

—Sí Blas, ya tienes que retirarte —ordenó Juanjuín

—Entiendo, quieren que vaya a recuperar a mi familia, y se los agradezco —respiré profundamente—. En este mismo momento regreso. Le voy a ofrecer una disculpa a Sara. Quiero besarla, acariciarla, hacerle el amor —comenté sonriendo. Luego comencé a bajar la escalera, todavía emocionado por haber visto a mi padre.

4

Candelaria entró a la habitación empujando una silla de ruedas destartalada con un hombre inerte. Pedro estaba despierto, pero aún paralizado.

—¡Fer… mín! Él será tu nuevo compañerito, se llama… Ju… Juan —comentó mientras lo acercaba a la cama contigua.

Candelaria lleno de aire sus pulmones, se inclinó, lo tomó con ambos brazos y, haciendo un movimiento sorprendente para su edad, lo impulsó hacia la cama, donde cayó de costado.

—Juan ahora te acompañará, estaremos juntos los tres. Serán como hermanitos — acotó Candelaria.

«¡Ya valió madre! ¡Paralizó a Blas también! ¡Lo sabía! Hasta le cambió el nombre como a mí esta pinche loca», pensó Pedro. Después de analizar la situación por un largo rato, se dijo a sí mismo: «¡Empiezo a entender este desmadre! La cara de aquel güey me quedó tan grabada que lo confundí con Blas… y, pensándolo bien, sí se parecen mucho. Por eso traigo tanto desmadre en mi cabeza, y con lo que me dio de tomar la vieja perra, peor tantito. No hay de otra: me confundió con alguien que le hizo daño de… ¿Santa Martha?».

Antes de irse, Candelaria los observó desde la puerta, como si fuera una madre orgullosa.

—Se van a llevar muy bien, hijitos —aseguró sonriente, pero luego su rostro se endureció—. ¡Pos claro, si son de Santa… Martha!

A pesar de su teoría, Pedro no asimilaba lo ocurrido. Su diálogo interior lo atormentaba: «¿Qué carajos pasó? El destino o no sé qué chingados nos unió nuevamente, Blas, pero esto no debió pasar. No deberíamos estar aquí». Luego se reprochó: «No debí regresar al pueblo, ¿por qué chingados lo hice? Debí ir a reportarme con la Hiena. ¿Qué pensará de mí? ¿Qué me pelé? ¿Qué me chingaron? Y es la neta: me chingó una mendiga vieja loca. No sé a Blas, pero a mí me chingó por los recuerdos, los malditos recuerdos que me hicieron pelarme a Santa».

Entonces recordó aquel beso entre Rita y Blas. «Pinche Blas, bien que me chingó con Rita. Bueno, al menos tengo el consuelo de que no vas a regresar nunca al pueblo que tanto quieres, a tu trabajo en la compañía minera, donde de seguro eras gerente porque te dejó el puesto tu papi. Ya nunca verás a tu familia ni a Rita ni a tus hijos, que son bien malos pal beis como eras tú. Ni modo, Blas, los dos vamos a acabar igual: como putas momias vivientes».

De pronto, Pedro comenzó a tener náuseas; su cuerpo empezó a temblar. Sintió frío, luego calor. Su frente comenzó a derramar gotas de sudor. El dolor en el estómago era insoportable. Colapsó, vomitó al mismo tiempo que defecó. Olores nauseabundos se apoderaron del lugar. Los intensos dolores le hicieron implorar que la pesadilla terminara. Para olvidar su aterrador presente, decidió recordar un episodio del pasado.

• • •

—¡Cochino! ¡Hay que hacer un jale!

—¡De volada, jefe! ¿A quién hay que chingar?

—Ya ves que hemos estado amenazando a unos abogadillos porque no quieren defender al Chichimoco.

—¡Simón!

—Pos hay que chingarse a uno de ellos. No entienden los culeros.

—¿A cuál quiere que mate?

—Pos al que quieras, cabrón, tú escoge. La cosa es que se caguen de miedo pa que se pongan las pilas con el Chichimoco. Me urge que lo saquen; lo necesito aquí conmigo.

—Si quiere le doy en la madre al más viejo de ellos.

—Al que quieras.

—O también puede ser al que le entregó el Chiquilín una lanota hace tiempo. Ni sé cómo se llama el güey, pero de volada lo encuentro.

—¿Qué parte de «al que quieras» no entendiste? —dijo molesto la Hiena—. ¡Chíngate al que sea!, pero hazlo.

—Ta bueno —contestó Pedro mientras llegaban a su mente imágenes de todas las personas que había asesinado.

—¡Cochino! ¡Te quedaste muy callado! ¿Pos qué traes, cabrón? —preguntó la Hiena.

—Me quedé pensando que nunca me he chingado a un licenciado —respondió al mismo tiempo que se frotaba su abultado estómago—, pero da igual... ni que fuera mi compa —acotó sonriendo—. ¿Cuándo quiere que lo haga?

—En unos días tenemos la reunión en la sierra con el Tejocote. Allá te necesito, pero en cuanto regreses, lo quiebras.

—Bien...

—¿Sabes qué? —agregó sobándose la barbilla—. Me urge que saquen al Chichimoco. Vamos tanteando terreno. Si todo resulta como espero, te adelantas y haces el trabajo pa presionar a los pinches licenciadillos.

•••

La reunión con el Tejocote fue más cordial de lo que esperaba la Hiena. Esto le dio confianza. Tal como lo había previsto, mandó a Pedro a la capital antes de que la junta de narcos terminara.

Pero todo fue una trampa. El Tejocote emboscó a la Hiena y lo asesinó en la sierra junto con varios integrantes de su banda. Pedro nunca se enteró; ya estaba en la capital a punto de cumplir las órdenes de su jefe.

Huellas imborrables

1

Cuando iba a tomar la carretera hacia Santa Bárbara, un rechinido de llantas lo sobresaltó. En ese instante, los rayos de sol comenzaron a desaparecer detrás de las imponentes montañas, que aún lucían rastros blancos de una nevada. Blas, atemorizado, observó que una camioneta azul le había cerrado el paso.

De inmediato, un hombre regordete de baja estatura descendió del vehículo armado con una pistola. Lo observó como un cazador a su presa; él era dueño de su vida. Ambos se miraron fijamente por un breve lapso. Blas estaba aterrado, solo quería huir, pero no pudo; se encontraba atrapado. En cambio, el otro, amo y señor de la situación, guardó en su mente el rostro aterrorizado de su víctima. Luego jaló del gatillo varias veces sin piedad.

Blas, por instinto, levantó sus manos. Una de ellas chocó con una pequeña palanca, activándose los limpiaparabrisas. En ese instante inició una ligera nevada. Las personas que transitaban por el lugar huyeron despavoridas, mientras el asesino corrió hacia su camioneta, fugándose a toda velocidad.

En ese momento, todo se ralentizó a su alrededor. Blas observó que los limpiaparabrisas iban lentos de un lado a otro. La radio no dejaba de sonar. Sintió un ardor en el pecho. Sus pensamientos comenzaron a multiplicarse mientras su automóvil empezó a desplazarse de manera lenta. Siguió rodando hasta que, unos metros más adelante, la acera lo detuvo.

Luego Blas se quedó observando el movimiento de los limpiaparabrisas tanto, que lo fue hipnotizando, debilitando. Inhaló y exhaló varias veces antes de perder el conocimiento.

Poco después, Blas abrió los ojos sobresaltado. Observó que continuaba en su auto. No supo cuánto tiempo había permanecido inmóvil. Luego trató de acomodarse en el asiento para seguir conduciendo, pero no pudo.

De pronto, escuchó el ulular de las sirenas y un murmullo a su alrededor que se fue intensificando. Alcanzó a observar rostros desconocidos que se asomaban por las ventanillas. Poco a poco, el número de personas incrementó; casi todos se amontonaban con teléfono móvil en mano para grabarlo. Luego cuchicheaban entre ellos; nadie lo ayudó.

La nevada se intensificó. Blas abría y cerraba los ojos de manera intermitente. Ambulancia y patrullas llegaron casi al mismo tiempo con torretas encendidas que cegaban con su potente luz. Los tripulantes bajaron rápidamente. Después llegó Sara, acompañada de su amiga Mirna. Gritaban histéricas. Sara empujaba desesperada a los policías que no le permitían llegar hasta el automóvil de su esposo.

• • •

Comencé a bajar la escalera, todavía emocionado por haber visto a mi padre. Observé luces diminutas en mi camino. Conforme avanzaba, aparecían más. Al salir de la torre, me di cuenta de que estaba descalzo. Regresé al reloj, creyendo que había dejado mis zapatos adentro. De pronto, las lucecitas iluminaron a dos hombres que se encontraban al pie de las escaleras.

• • •

Un paramédico gritó preocupado a su compañero:

—¡Se nos va! ¡Se está yendo!

El otro, de inmediato le pidió a Blas que no cerrara los ojos, mientras lo reanimaba.

• • •

Un hombre desconocido me pedía que no cerrara los ojos. De pronto, su cara se fue transfigurando hasta aparecer el hermoso rostro de Sara, quien, sollozando, pidió lo mismo. Conmovido por sus lágrimas, me acerqué a ella, descubriendo que se había transformado en mi madre. Luego apareció mi papá y, después, Juanjuín.

• • •

—Así es, Blas, y te pedí lo mismo que ese paramédico, lo mismo que todos los que viste en ese instante: ¡No cerrar los ojos!

2

Ese día el calor era insoportable, los torturantes rayos del sol penetraban en la piel. Una plaga de saltamontes gigantes acechaba el poco cultivo que quedaba alrededor de la carretera. El paisaje lucía seco, árido; la lluvia se había olvidado de esa región. Los insectos saltaban en la carretera de un lado a otro como si el calor les quemara las patas. Varios terminaban despanzurrados por las llantas de los vehículos. Enormes gotas de sudor caían sobre la frente de Sara; su espalda estaba toda empapada. Sufría, pues el automóvil tenía descompuesto el aire acondicionado.

—¡Ay, qué calorón hace, Blas! —dijo Sara mientras conducía—. Lo bueno es que ya falta poquito para llegar a Santa.

Sara encendió la radio, tratando de distraer con música a Gonzalito, quien estaba muy necio, quizás por el sofocante calor. Solo alcanzó a sintonizar un noticiero, donde el locutor informaba que la violencia en el estado persistía. La noche anterior habían asesinado a varias personas en un bar, acribillando a empleados y clientes que no tenían nada que ver con esa guerra.

El comunicador indicó que el asesinato de la Hiena meses atrás había provocado un sangriento conflicto en toda la región entre el Chichimoco, que se había fugado de la prisión, y la banda del Tejocote, que peleaban a muerte por apoderarse de la zona.

En la parte trasera del automóvil, Gonzalito gruñía enfadado al mismo tiempo que trataba de zafar el cinturón de seguridad amarrado a su silla especial.

El automóvil pasó a velocidad moderada frente a un letrero verde que indicaba la desviación a San Bernardo.

A pocos kilómetros de ahí, Pedro continuaba en esa lóbrega habitación donde los olores cada vez eran más fétidos. Paralizado desde los pies hasta el cuello, con barba crecida y varios kilos menos, añoraba que su pesadilla terminará y mientras eso ocurría, recordaba una y otra vez a cada integrante de su banda, las camionetas de lujo, sus crímenes, armas de grueso calibre, cuchillos ensangrentados, hombres y mujeres desmembrados, sangre y más sangre.

De pronto apareció Candelaria con dos tazas humeantes. Dejó una sobre la cama contigua y se dirigió con la otra hacia Pedro.

—Te toca tu dosis, mijito —expresó con una sonrisita socarrona.

Al verla, Pedro abrió los ojos exageradamente. Deseó en ese momento haber pagado lo que fuera por recuperar el movimiento de su cuerpo, salir corriendo, escapar del lugar y no volver jamás a San Bernardo. Pero no pudo hacer nada.

Candelaria acercó la taza a su boca, obligándolo a beber el primer trago. Pedro logró escupirlo casi por completo, pero Candelaria insistió, esta vez apretándole la nariz por unos segundos, repitiendo la acción varias veces hasta dejar la taza vacía. Pedro se fue adormeciendo hasta perder el conocimiento.

Candelaria tomó la otra taza y dio de beber a la otra persona que se encontraba inconsciente. Lucía muy débil. Acercó la silla de ruedas destartalada a la cama, luego lo jaló para ponerlo sobre ella. Estaba tan delgado que Candelaria lo manipulaba con cierta facilidad. Luego, con voz amorosa, expresó:

—Sabes qué, Juanito, te extraño mucho. Mejor te regreso conmigo y dejamos a este panzón solo. No me cae bien, sobre todo por esos ojos negros tan feos, tan penetrantes que tiene, y por esa pistolota que traía. ¡Sabrá Dios cuántas muertes deba!

Candelaria se retiró de la habitación empujando la silla de ruedas, mientras Pedro continuaba inconsciente.

Más tarde, Pedro despertó y, creyendo que aún tenía compañía, comenzó a hablar en su mente con Blas. Pedro empezó a abrir y cerrar los ojos, como todos los días, diciendo en su interior: «Todo fue solo un sueño, todo ha sido una mendiga pesadilla, la peor de mi perra vida. Candelaria no existe, no estoy en su casa, estoy en la mía. Estoy en mi casa, estoy en mi casa», repitió una y otra vez mientras abría y cerraba sus ojos.

De pronto apareció el rostro sonriente de Candelaria, pegado al suyo. Pudo ver cada arruga de su cara y oler su apestoso aliento. «¡Maldita vieja! ¡Lárgate de mi vida, perra! ¿Qué voy a hacer? ¡Me estoy volviendo loco!», pensó desesperado.

—¡Ay, qué feo hueles, Fer… mín! ¡Oye! Te veías bien curioso, abriendo y cerrando los ojos, parecías muñeco de ventrílocuo, como el que vimos Ezequiel y yo en la carpa de los cirqueros, la vez que me confesó que en unos días pediría mi mano —dijo mientras respiraba de manera honda y continuaba con voz apagada.

»Escucharlo me hizo tan feliz. Fue inolvidable. Les conté a todos, estaba tan contenta, pero después… esos puercos bastardos destruyeron mi mayor sueño, acabaron con mi vida, cuando me taparon la boca para que dejara de gritar mientras me violaban. Me dejaron viva, pero me mataron el alma.

Recordó cuando, luego de pensarlo muchas veces, fue a denunciar, pero salió peor. Los únicos dos policías de San Bernardo se burlaron de ella, minimizaron el hecho. Ellos dijeron que eso era normal, sobre todo en los pueblitos; que los muchachos lo habían hecho para divertirse y que, al fin y al cabo, no le habían hecho un daño grave; solo tenía algunos rasguñitos, no estaba herida de muerte.

Por si fuera poco, uno de ellos insinuó que se lo había buscado por andar provocando por su forma de vestir. Ignoraron sus lágrimas y clamor, el infortunio de Candelaria se propagó como reguero de pólvora y más tarde, todo el pueblo lo sabía y, en lugar de apoyarla, fue tildada de prostituta. Muchos hombres del pueblo comenzaron a hostigarla; varios iban borrachos a proponerle que tuviera sexo con ellos. Ezequiel jamás volvió a buscarla. Todos la abandonaron.

El rostro de Candelaria se endureció; la ira se apoderó de ella.

—¡Por eso te odio, maldito violador! ¡Te odio! —gritó enfurecida con voz chillona, descargando toda su furia contra Pedro, dándole varios manotazos en la cara hasta hacerlo sangrar por nariz y boca—. ¡Panzón asqueroso, violador!

Pedro la observaba con los ojos desorbitados. Por primera vez en mucho tiempo volvía a sentir miedo. «¡Pinche vieja loca! ¡Está poseída! ¿Qué voy a hacer?», dijo en sus adentros.

De repente, la actitud de Candelaria cambió de manera radical.

—Imagino lo que estás pensando de mí, que estoy loca y soy mala; pero soy buena persona —comentó endulzando la voz—. Pórtate bien, mi Fer... mincito.

Le limpió la sangre y se retiró de la habitación.

Aliviado, Pedro escuchó que cerró la puerta. «Pinche viejita, pega bien fuerte, pero... ahora Candelaria no mencionó a Juan, bueno, a Blas. Estoy solo. No siento la presencia de nadie. ¡Blas ya no está aquí! ¿O nunca estuvo? ¡Sí! Estaba en la otra cama, pero creo que ahora ya no. ¿Adónde lo llevó? ¿Dónde está Blas o Juan?, ¿Todo es un sueño? ¿Y si no cumplí con el encargo del jefe y me mató? ¿Me fui al infierno? ¡Sí! Esto es el puto infierno. ¡Por favor! ¡Dios mío, ayúdame!».

3

Cuando Candelaria se dirigía a la cocina, observó la camioneta roja que se encontraba al fondo de su casa, quedándose pensativa. Su mente evocó cierta mañana.

· · ·

Recolectaba plantas a un lado de la carretera como cada semana. De pronto, observó una camioneta roja que comenzó a bajar la velocidad y luego se detuvo a un costado del asfalto. Pensó que alguien bajaría, pero no fue así. Continuó juntando hierbas y algunos hongos. Cuando terminó, llamó su atención que el vehículo seguía donde mismo. Al aproximarse, observó que el conductor tenía recargada su cabeza en el volante; creyó que estaba dormido.

Se encaminó a casa, pero de pronto escuchó un quejido. Era el conductor, quien había descendido y luego se encorvó, sosteniéndose de la puerta. Candelaria se acercó a él; era un hombre joven.

—¿Qué pasó, mijo?

—Pos no sé —alcanzó a decir antes de vomitar.

—Yo creo que andas empachado. No te apures, yo te ayudo —dijo, sosteniendo la bolsa repleta de hierbas.

El hombre levantó la cabeza lentamente, todavía sostenido en la puerta de su camioneta.

—¡Vamos a mi casa! Te voy a preparar un tecito pa que te alivianes.

El conductor aceptó; se sentía muy mal. Candelaria subió con dificultad al vehículo. En cuanto cerró la puerta, el joven aceleró. No dijeron una sola palabra hasta llegar a su destino.

—En ese portón, mijo —indicó Candelaria.

El conductor se detuvo en el lugar. Ella descendió con menos dificultad, luego abrió la gran puerta de madera añeja, pidiéndole que metiera el vehículo. Así lo hizo.

—¡Dale hasta el fondo, mijo! —gritó Candelaria mientras cerraba la puerta.

El conductor bajó de la camioneta, aún encorvado por el dolor. Candelaria le pidió que la siguiera a la cocina.

—Siéntate, por favor —le indicó al tiempo que le acercó una silla—. Estás bien pálido, pero no te preocupes, ahorita recuperas tu color.

Se volteó hacia una estufa de hierro de tamaño mediano que tenía en su interior leña encendida. Colocó una olla con agua que hirvió muy pronto. Luego abrió una pequeña puerta de su alacena, escogió algunos frascos con plantas secas, tomó pequeñas porciones que trituró y luego espolvoreó en la olla. Un momento después, le extendió una taza humeante al joven.

Comenzó a beber, dando pequeños sorbos. Mientras lo hacía, recordó a Esther.

«Para él, todo estaba bien en su relación; para ella, no. Aquella noche, le dijo que todo había terminado.

—Es que son tantas cosas… ¡Estoy harta de tus celos! ¡De que no trabajas!

—Pero… sí trabajo.

—¿De velador? Eres una persona joven, puedes conseguir otro trabajo o uno donde ganes más. No aportas casi nada a la casa —expresó mirándolo a los ojos—. Además, ¡te urge un psicólogo! Eres muy celoso. No puedo saludar a nadie, sea hombre o hasta mujer, porque te pones como loco.

»¿A poco ya se te olvidó el lío que hiciste en la fiesta de los Domínguez? ¿O cuando te querías pelear con un señor en la casa de los Fernández? ¿O cuando me sacaste de la fiesta porque, según tú, llevaba un vestido muy corto?

—Te dije que iba a cambiar y estoy tratando.

—Pero no lo has hecho, y la verdad ya me cansé.

Para decepcionarlo y que no insistiera, mintió. Dijo que había comenzado a salir con otra persona. Al escucharla, sintió que la sangre le hervía, pero en lugar de vociferar como en otras ocasiones, de manera tranquila tomó su mano y le pidió que tuvieran una última cena. Ella aceptó, aunque sorprendida por su actitud.

Pidieron comida de un exclusivo restaurante. Él se comportó de manera cordial durante toda la velada. Recordaron los buenos momentos, brindaron con tequila una y otra vez, deseándose lo mejor en su nueva etapa. Las horas transcurrieron. Ella se levantó tambaleante para ir al baño, pero cayó al suelo y luego perdió el conocimiento».

Una voz femenina lo sacó de sus pensamientos.

—¿Ya te sientes mejor? —preguntó Candelaria al ver que casi terminaba la bebida.

—*Yes*, un poco, *thanks* —respondió, tomando la taza con ambas manos.

—Me da gusto. Poco a poquito te vas a ir sintiendo mejor, te lo aseguro —afirmó mirándolo de forma tierna—. Oye, ¿eres gringo?

—¡*Nou, mexican* de huesooo coloradooo! Pero ya tengo rato en el chuco. Soy de Santa; pasé una temporada allá, pero ya voy de regreso.

—¡Ahhh! Con que eres de Santa. Hace muchos años conocí a unas... personas de allá.

De inmediato, Candelaria recordó el desenlace de aquella amarga experiencia.

—¡Ya deja de llorar pinche vieja! —dijo uno de los hombres al momento de subirse los pantalones.

—¡Apúrate, que llegamos tarde a Santa Martha! —gritó el otro, que ya lo esperaba con el motor encendido.

—¡*Missess*! ¡Señora! —exclamó el joven.

—Perdón, mijo, ahora yo me perdí —respondió un tanto apenada—. A todas estas, ¿cómo te llamas?

—Luis, mucho gusto.

—Yo soy Candelaria. Déjame te sirvo un poco más —agregó retirándole la taza—. ¿Y qué tal la vida en Estados Unidos?

—Pos en *mony*, muy bien, *misses*, pero en el amor, mal. Mi novia, con la que me iba a casar, me dejó.

—¡Qué triste, mijo! —comentó al tiempo que preparaba otra infusión.

—Pues la verdad yo tuve la culpa, *misses*. La trataba mal, pero pos ya voy de regreso a reconquistarla —respondió, luego se quedó pensativo por un rato.

—¡Luis, Luis! Te quedaste como estatua.

—*Sorry* —dijo, dando un sorbo a una taza que había puesto sobre la mesa Candelaria—. Oiga, ya casi no siento dolor, su *beberach is excelent*.

—¡Ay, mijo! Pos no sé lo que dijiste, pero por tu carita feliz se ve que te cayó muy bien. Y esa que te acabo de dar te va a asentar la pancita, tanto, que ni la vas a sentir, te lo aseguro.

Continuaron conversando. Luis le platicó que, a pesar de todo, estaba muy contento porque había visitado su pueblo y convivido con su madre por varios meses. El tiempo transcurrió y, de pronto, vio su reloj y decidió retirarse.

—Pos muchas gracias, *misses*, es usted una gran persona; me siento mucho mejor.

Cuando se retiraba, de manera sorpresiva Candelaria le preguntó:

—¿Amas tu vida, Luis?

—¡*Ssshuuur*! Tengo mucho que hacer todavía. Soy joven y, como le digo, voy a reconquistar al amor de mi vida.

—Pues qué lástima, no podrás hacerlo —aseguró Candelaria, al tiempo que su rostro se endureció.

—¿Por qué? —preguntó Luis, un tanto confundido.

En ese instante comenzó a sudar. Sentía que su cabeza giraba, luego un agudo dolor en el estómago lo hizo caer al suelo.

—¡Ayúdeme, *plis*, señora! ¿Qué me dio? ¡Ayúdeme, por favor! —rogó, respirando muy agitado.

Candelaria, con dificultades, se puso en cuclillas y, mirándolo con desprecio, susurró:

—Aquí te vas a quedar toda la vida, perro violador de Santa… Martha.

4

Candelaria se dirigió con la taza a su habitación, abrió la puerta, y ahí estaba Luis, tendido en una cama, con el cuerpo paralizado. Aunque a diferencia de Pedro, a Luis lo mantenía limpio, pero lucía muy mal: piel pegada al hueso, rostro cadavérico, barba y cabellera abundantes. Luis, como todos los días, recordaba la última cena con Esther.

• • •

Estaba *very angry*, sobre todo cuando me dijo que tenía otro. Quise ahorcarla, pero me tranquilicé, *meibi* porque recordé que tenía *mony* guardado. Si se lo robaba, le iba a doler como me estaba doliendo a mí en ese momento.

Por eso hice la payasada de hacer la *diner* de despedida, pero a cada *drink* le ponía trozos de pastilla que yo tomaba para la ansiedad, cuando se desmayó, fui a la recamara, encontré en el closet su *backpack* amarilla donde guardaba su *mony*, la abrí, era bastante dinero, recogí mi ropa. Y ya cuando estaba por pelarme, la vi *tuumoch* pálida, me agaché para oírle el corazón, pero no lo escuché. Subí a la troca reteasustado, llamé al *nain, uan, uan* y me pelé pa Santa.

Ya en México, creyendo que había muerto, me hice el tatuaje en forma de lágrima, la quería un chingo, andaba *very sad*, porque yo no la quería matar, solo quería darle un sustito. Decidí quedarme en Santa con mi jefa, pa no ser detenido y con el dinero poner un negocito, pero unos meses después supe que no había muerto, y no era buscado en Estados Unidos.

Me puse bien japy, y pues me gasté casi toda su lana, me la pasé a todo dar, ya cuando me quedó poquito, decidí regresar al chuco para ahora si trabajar muy duro, juntar su dinero, regresárselo y pedirle perdón. Pero… me topé con Candelaria, que me dejó paralizado. Y al otro pobre que capturó ¿Quién será? Yo como quiera, me lo merezco, por ratero y mentiroso, es justo, pero ese men, a lo mejor era buena persona, con familia, con sueños… como yo, pero Candelaria nos arruinó la vida…

• • •

Después de darle de beber a Luis, Candelaria se dirigió a la cocina. Mientras vertía un líquido verdoso en un recipiente, recordaba el rostro de quienes destruyeron su vida.

—Fermín se parece mucho a uno de esos perros de Santa… Martha —dijo en voz baja—. En una de esas es su hijo o sobrino. Ese hombre es malo, traía una pistolota y por eso la pagará, porque lleva la misma sangre que ese maldito… Y Juanito… pos también. Pero… ¿eran de Santa… Bárbara o de Santa Martha?

Mientras tanto, en el automóvil:

—¡Ay, Blas! —exclamó Sara, mirando por el retrovisor—. Mejor hubieras defendido al tal Chichimoco. ¡Mira! El desgraciado de todas maneras se escapó —refirió acongojada.

Más tarde, el puente negro les dio la bienvenida. Sara se dirigió a casa de Eugenia, la madre de Blas. En poco tiempo llegaron, el carro se detuvo lentamente afuera de la finca. Eugenia se asomó por la ventana y de inmediato salió a recibirlos.

—Ya me tenían preocupada. Pos ¿qué pasó?

—Es que nos vinimos muy despacio, la carretera está horrible, puros hoyos —respondió Sara al tiempo que bajó a Gonzalito.

Eugenia abrazó a su nieto y luego preguntó:

—¿Y Blas?

—¡Aquí!

Sara, con lágrimas en los ojos, sacó del automóvil una urna de madera color negro, con una plaquita plateada pegada, que le entregó. Luego se abrazaron y comenzaron a llorar por un largo rato. Gonzalito sonreía sin entender lo que ocurría.

—Ya han pasado varios meses y duele igual, como si fuera ese día que me avisaste, mija —dijo Eugenia sollozando—. Pero, pues de una vez, hagámoslo —refirió secándose las lágrimas y apartándose de Sara.

Subieron al automóvil los tres. Mientras Sara conducía, comenzó a llorar de nueva cuenta. Dejó que las lágrimas rodaran por sus mejillas; quería desahogarse de una vez por todas, sacar de su alma todo el dolor contenido. Se iban deteniendo en los lugares favoritos de Blas y lanzaban un puñado de sus cenizas al aire, finalizando en el reloj público.

—Dejé de último este lugar porque me platicaba mucho de él —afirmó Sara sollozando. Al abrir la puertita del reloj, metió la mano y esparció cenizas adentro. Eugenia la abrazó y se retiraron cabizbajas.

Mientras el auto de Sara se alejaba, el reloj entonó *Amor perdido*.

• • •

—Hola, Blas, un gusto volver a verte —dije a Blas al verlo entrar a la torre.

—Hola —respondió muy serio.

—Pronto te darás cuenta de que todo es muy distinto a lo que te han contado o imaginabas.

Blas respiró profundamente.

—Pero ¿por qué no me dijiste que estaba muerto? —preguntó molesto.

—Porque no lo estabas cuando nos encontramos. Aunque, para serte sincero, no te lo hubiese dicho.

—¿Por qué?

—Las personas le temen a la muerte; te hubieras puesto mal. Pero insisto, pronto te darás cuenta de que todo es muy distinto.

—Espero, Juanjuín —dijo apesadumbrado.

—Así será, amigo, te lo aseguro —respondí sonriendo—. Por cierto, te vas a poner muy contento con lo que te voy a decir.

—¿Qué? —preguntó con desánimo.

—Al rato viene tu papá.

—¡De verdad! —gritó cambiando de semblante.

—Así es. Y mientras tanto, te voy a platicar algo que no mencioné en nuestro primer encuentro —dije palmeando su espalda—. Tu amigo Pedro era quien acompañaba a Rodolfo la vez que destruyeron mi reloj.

—¡Zorrillo! Sabía que era tremendo, pero eso de andar dañando propiedad ajena, nunca lo imaginé.

—¡Ay, Blas! Tenemos mucho que platicar —comenté sonriendo.

—Por cierto, con Pedro no terminé bien. Creo que hasta me guarda rencor por una cuestión que ocurrió con Rita.

—Lo sé, Blas, lo sé. Y sí, no terminaste nada bien con él. Ya te contaré.

—¿Sabes algo que yo no sé? —preguntó, frunciendo el ceño.

—Sí, pero después lo sabrás. Todo a su tiempo.

—Recuerdo que dijiste que los habías maldecido por haber dañado el reloj. Con Rodolfo no me queda duda, pero ¿y Pedro?

—No fue necesario, Blas; él se maldijo solo. Repito, todo a su tiempo. Ya te platicaré qué fue de él y... de Luis también. Conozco cada detalle de sus huellas —dije pensativo—. Te contaré lo que dejaron en el camino. Y créeme, son muy distintas a tus huellas.

—Huellas en la nieve.

—En la nieve, en la tierra, en el pasto, en la arena, donde sea. Todo es camino, Blas.

—Qué curioso. Las primeras huellas de mi papá fueron en la nieve, y mis últimas huellas quedaron en la nieve —reflexionó melancólico.

5

En casa de Candelaria todo permanecía igual, en calma; pero en la mente de Pedro, Luis y ella misma todo era estridencia.

Pensamientos que llegaban, desaparecían y luego regresaban con mayor fuerza, una y otra vez. A Luis lo invadía Estados Unidos, The Doors, Los Tigres del Norte, su retorno triunfal a su pueblo; su madre; su hermano, Kansas y, al final, siempre aparecía el rostro de Esther. Se preguntaba por qué lo había hecho. La respuesta siempre era la misma: «Un estúpido impulso».

Candelaria continuó llevándoles su brebaje a cada uno y, de vez en cuando, un poco de comida. Frecuentemente golpeaba sin piedad a Pedro; pero un día Candelaria no volvió a la habitación. Pedro estaba desesperado, quería verla, no entendía el porqué, pero imploraba que apareciera. Con el paso de los días, recuperó el habla, su cuerpo se fue desentumiendo: primero los dedos de sus manos, luego los pies, las piernas, y así hasta que pudo levantarse de la cama.

—¡Ya chingué! ¡Ya chingué! ¡La pesadilla terminó! —gritó emocionado.

Aunque estaba muy débil, la felicidad de estar libre lo fortalecía.

Se dirigió a la puerta de la recámara, abriéndola de un empujón. Observó que el pasillo estaba muy oscuro, dio unos cuantos pasos y su pie topó con un pequeño escalón: se trataba de una estrecha escalera.

Observó una tenue luz en la parte de arriba, comenzó a subir para escapar, pero, al llegar al último escalón, se encontró con un extraño artefacto para él, de varios engranajes que se movían muy lento. Observó enfadado que el pequeño lugar no tenía salida. La luz provenía de lo que parecían ventanas pequeñas, que se encontraban en la parte alta del sitio.

Cuando se disponía a escalar para quebrar una de ellas y escapar, escuchó un ruido. Trató de esconderse, pero fue descubierto.

—Nos volvemos a encontrar, Pedro —dije con voz grave, como para impresionarlo.

—¿Quién chingados eres? ¿Por qué sabes mi nombre? —preguntó retador, pero al mismo tiempo temeroso.

—Soy Juanjuín Pampoya, el vigilante de este reloj; curador de ampollas del cuerpo y, sobre todo, del alma —respondí ya sin fingir mi voz y saliendo de entre la penumbra.

—¡Ah cabrón! ¡Qué feo! ¡Un enano!

—Duende —le aclaré elevándome encima de él—, y tú, así como que muy alto no eres, ¡eh!, y tampoco muy bonito que digamos.

—Debo estar soñando otra vez. Además, ¿cuál pinche reloj? —preguntó molesto—. Esta es la casa de Candelaria. ¿Dónde está la pinche vieja? De seguro me quiere asustar.

—Siento desilusionarte, pero no. Estás adentro de un viejo reloj público. Pero olvídalo, no lo entenderías.

—¿Crees que me vas a hacer pendejo pinche enano? ¿Dónde está Candelaria, la vieja que me tenía atrapado en su casa?

—Ella no está aquí. Observa a tu alrededor, es un reloj.

—Tas bien pendejo, pero en cuanto salga te voy a matar. Me quieren volver loco tú y Candelaria —dijo enfurecido—. Se me hace que eres su novio; te la andas chingando ¿verdad?

—Es increíble que, a pesar de todo, la rabia te sigue dominando, Pedro.

—Ni te conozco, güey.

—Tú a mí no, pero yo a ti sí, y mucho.

—Estás loco. ¡Me largo!

—Como tú lo desees, pero antes dime, ¿por qué te gusta hacer daño?

—Alguien lo tiene que hacer, ¿no? Además, ¿a ti qué chingados te hice?

—Por eso te dije que miraras a tu alrededor. ¿No recuerdas este lugar?

—¡No! Por eso pregunto, pendejo.

—Lo dañaste.

—¿Cuándo?

—Hace muchos años viniste con Ruiz y, bien borrachos, destruyeron parte del reloj, mi casa.

—¡Ah cabrón! Ahora que mencionas a Ruiz, pos creo que sí... pero, como dices, andaba pedo, no sabía lo que hacía. Además, era un mocoso.

—Eso no te justifica.

—¡Ah, chingado! ¿Y por qué no? Además, me estoy acordando que Ruiz dijo que al día siguiente arreglaría todo.

—Pues nunca lo hizo. Además, no se puede andar por la vida dañando y luego querer arreglarlo. La cicatriz no se borra tan fácil.

—Pos ese viejo tenía o tiene un chingo de dinero para componer lo que fuera y no dejar cicatriz. El dinero todo lo puede, él siempre compró lo que le dio la gana.

—Pues lamento desilusionarte. Rodolfo murió triste, sin familia y, ¿qué crees?, sin dinero.

—¡Tas idiota! Eso no pudo pasar.

—¡Claro que ocurrió! El poder no es eterno. Mírate a ti mismo.

—¡Ya me caíste en los huevos! ¿Por dónde salgo de este pinche lugar? Y no salgas con una mamada, porque te trozo pa mostrarte que todavía tengo poder —aseguró al tiempo que intentó atraparme.

—¿Es en serio, Pedro? ¿Te la vas a pasar amenazando de muerte a todos? —respondí al tiempo que puse en práctica mi velocidad.

—¡Ay, güey! ¡Ta cabrón! ¡Eres muy rápido! Pero, aun así, ¡a huevo que te amenazo!, pos soy un cabrón, igual que mi patrón.

—Pues siento desilusionarte otra vez. Tu patrón no era tan cabrón como dices. La Hiena fue asesinado hace varios meses.

—¡No te digo! Puras pendejadas dices. Con el poder que tiene, nadie lo tumba.

—¿Poder? No sabes lo que dices. Das lástima, Pedro.

—A mí no me tengas lástima, pinche enano.

—Es inevitable no sentir lástima por quien cree que el poder se basa en tener dinero y armas para destruir a cualquiera.

—¡Estás pendejo! ¡Me largo! ¿Por dónde? —preguntó molesto.

—Por donde llegaste —respondí señalando las escaleras. Luego lo seguí.

Pedro bajó las escaleras rápidamente, topándose con una pequeña puerta. Al abrirla, se encontró de nuevo en el pasillo de Candelaria. Aliviado, divisó el portón de madera. Cuando se dirigía a él, se detuvo en la puerta de la cocina.

—Pero antes voy a recuperar algo que es mío… y de paso arreglo un asuntito —refirió esbozando una sonrisa.

De una patada abrió la puerta, observando la espalda de una mujer.

—¡Pinche vieja! ¿Por qué me hiciste sufrir tanto? ¡Ahorita mismo me la vas a pagar! —vociferó aproximándose a ella. Luego la volteó bruscamente hacia él. Asombrado, vio que no era Candelaria.

—¡Jefita! ¡Discúlpeme! Pero usted… ¿qué hace aquí? —preguntó asombrado, echándose hacia atrás.

En silencio, su madre le pidió con su mano que la siguiera.

La obedeció, y juntos llegaron hasta la habitación de Candelaria. Abrió la puerta y vio a Luis tendido en una cama.

—¡Pobre Blas! —gritó enfurecido—. ¡Mire cómo lo dejó Candelaria!

—¡No es Blas! —escuchó Pedro a sus espaldas. Sorprendido giró la cabeza.

—¡Otra vez tú, pinche enano! —exclamó Pedro, sobándose la frente—. ¿Dónde está Blas entonces?

—¡Aquí! —dijo Blas—. Pero ¿quién eres tú?

—¡Blas! ¿Cómo huiste de aquí? —dijo Pedro, asombrado—. Yo soy tu…

—Es la primera vez que Blas está en este lugar —interrumpí.

—No te entiendo, enano. Si Blas estuvo aquí días, semanas, meses, no sé cuánto; pero estuvo conmigo. Candelaria lo entumeció como a mí.

—No, eso creíste, pero todo fue parte de tu imaginación, una jugarreta de tu mente. Y, siendo honesto, yo tuve mucho que ver en todo eso —aseveré entrelazando mis manos al tiempo que miré fijamente a Pedro y luego a Blas.

»Desde hace tiempo, yo sé todo lo que hacen. Desde hace tiempo narro todo lo que han hecho en su vida… Conozco cada detalle de su existencia. Y de otras personas también, pero no voy a decir sus nombres ahora.

—¡Ahí vas! ¡Ya vas a empezar con tus mamadas, pinche enano!

—Blas, él es Pedro —dije, señalándolo.

—¿Zorrillo? ¿Mi gran amigo? —preguntó sonriendo Blas, al tiempo que se aproximaba a Pedro con la intención de abrazarlo.

—Y también es el hombre de la camioneta azul —confesé.

—¿De qué hablas? ¿Cuál camioneta? No te entiendo —preguntó confundido, al mismo tiempo que se detuvo.

—Me refiero a la última camioneta azul que viste.

—¡No puede ser! —gritó Pedro.

—Así es, Pedro. Blas es el abogado que asesinaste. Mataste a tu mejor amigo de la infancia, quizás el único amigo de verdad que tuviste —manifesté aproximándome a Pedro.

Ambos se trasladaron a esa tarde gélida.

• • •

—Te tengo, pinche perro —afirmó Pedro en voz baja al observar que Blas salió de su casa, azotando la puerta.

Dejó que subiera a su auto. Luego lo siguió a distancia por un largo rato, y cuando Blas iba a tomar la carretera a Santa Bárbara…

—¡Ahorita es cuando! —se dijo a sí mismo Pedro al tiempo que le cerró el paso con su camioneta.

Se bajó rápidamente con pistola en mano. Pedro y Blas se observaron por un instante. Luego Pedro jaló del gatillo varias veces sin piedad. En ese momento inició una ligera nevada, y los pensamientos comenzaron a acumularse en la mente de Blas:

«Pedro fue mi mejor amigo de la infancia, era un niño singular. Siempre andaba sucio, le huía al agua de regadera. Cuando no andaba en los cerros atrapando arañas, bichos raros, ardillas o ratones, estaba jugando beisbol en el estadio infantil del pueblo. Por chaparrito y apestoso le llamábamos Zorrillo».

• • •

Blas y Pedro permanecieron pensativos, con la cabeza agachada por un momento.

—¡A ver, a ver! ¿Qué chingados está pasando aquí? Si estoy viendo a Blas, estoy hablando con él y con este pinche enano, entonces ¿yo también estoy muerto? ¿Me mató Candelaria? —preguntó Pedro rompiendo el silencio.

—No precisamente, Pedro —respondí al tiempo que tomé la mano de Blas que estaba cabizbajo—. Lo siento, Blas, era lo que quería confesarte.

Luego Blas miró con desprecio y rencor a Pedro, quien solo atinó a decir:

—Alguien tenía que hacerlo —al decirlo se le hizo un nudo en la garganta, pero mantuvo la frialdad en su rostro. Giró la cabeza buscando a su madre, pero ella había desaparecido.

—¡Vámonos, Blas! —ordené jalando su mano.

Blas, aún impactado por lo que había escuchado, me siguió mientras observaba el cuerpo inerte de Luis.

—¿Y él quién es?

—¡Ufff! Es otra historia que debo contarte… pero hay tiempo, hay tiempo, estimado Blas.

6

Vi salir a Blas y al enano. Comencé a pellizcarme para despertar de la pinche pesadilla, pero todo siguió igual. Por un momento quise alcanzar a Blas, disculparme; pero preferí acordarme del beso que se dio con Rita para que brotara el rencor otra vez.

Blas empujó el portón de madera añeja, que empezó a crujir mientras se abría, apareciendo la placita con sus lámparas lagañosas. Cuando salíamos de la casa, un ventarrón comenzó a levantar tierra por todas partes. De pronto observamos a dos mujeres en medio de la polvareda: una, con vestido negro largo, cubría su rostro con un velo del mismo color, parecía joven; la otra era anciana, de tez morena, llevaba camisa blanca, pantalón rojo holgado y un delantal azul de cuadritos encima.

Se dirigieron a la casa con paso lento, pero firme, pasaron en silencio frente a nosotros, entraron a la vieja casa y luego el portón comenzó a cerrarse pesadamente mientras rechinaba. En ese instante, el viento menguó.

Sin hablar, Blas y yo nos dirigimos a la plazoleta.

Cuando estaba por largarme, miré al güey que estaba bien dormidote con la boca abierta, fue el que me acompañó todo el tiempo. Pinche Candelaria nos chingó a los dos y luego huyó. ¡Pero te voy a encontrar, perra, me las vas a pagar! Vi mi pistolita encima de una silla de madera. La recogí bien contento.

Ya cuando me iba, vi otra vez al güey, parecía muerto, pero me valió madre. Cuando le cuente a Plutarco todo este desmadre, ni me la va a creer. Tampoco los chavalos locos me van a creer. Lo bueno es que ya terminó todo esto.

De pronto sentí que los dedos de mis pies comenzaron a entumecerse, luego una pierna, después la otra; caí al suelo. ¡No, por favor! ¡Otra vez no! ¡No puede ser! Después, oí un grito de mujer espeluznante, como un quejido espantoso, que poco a poco se fue acercando a mí:

—¡Fermííín! ¡Fermincitooo! ¡Yaaa regresé, mijooo! ¿Me extrañaste, mijooo?

Es la pinche Candelaria. Quise agarrar mi pistola, pero no pude. Todo mi cuerpo se paralizó otra vez. La maldita pesadilla no ha terminado. Comencé a rezar.

En la placita, Blas observó el lugar: árboles secos, sin vegetación alguna, calles cubiertas de polvo, casas derruidas. Un pueblo desolado que, hasta la llegada de Pedro y Luis, solo era habitado por Candelaria desde hace años.

Apesadumbrado, respiró hondo y luego dijo:

—¡Qué injusta es la vida, Juanjuín!

—¿Por qué? —pregunté mientras saltaba a un árbol muerto de gran tamaño, pero que se mantenía de pie.

—Al final… nadie se acordará de nadie —afirmó Blas mientras me observaba escalar ramas secas.

—Cierto, el tiempo se va encargando de borrar las huellas del camino, buenas o malas —afirmé cuando ya me encontraba en la parte alta del árbol—; pero mira, Blas, lo más importante es que tus huellas sean recordadas por tus seres queridos, ¿no crees?

—Pues sí, pero al final ellos también se irán y llegará un momento en que nadie se acordará de nadie.

—Puede ser, pero si las huellas fueron consistentes será más difícil que se borren y siempre habrá alguien que las recuerde con una sonrisa en los labios. Claro, también habrá quien lo haga con rostro adusto, pues recordará las huellas negativas —acoté en ese momento, dando un salto acrobático y cayendo justo a un lado de Blas.

—Claro, pero es mejor que recuerden las huellas positivas —comentó Blas al tiempo que miró la camioneta azul de Pedro, cubierta de polvo—. Son las que se quedan en el alma, en el corazón de nuestros seres queridos y, aunque se vayan, no se les borrarán jamás, serán perpetuas. Pero ¿sabes? Me hubiera gustado no irme tan pronto. Me faltó dejar más huellas positivas para equilibrar la balanza con las negativas.

—Puede ser, mi estimado Blas; pero en este instante Sara está acostada en el sofá, recordando todas las huellas buenas que dejaste en ella. Y ten por seguro que se las inculcará a tu querido hijo.

De pronto se escuchó otra vez el crujido a madera vieja. Luego llegó un fuerte viento que de nuevo cubrió de polvo todo el lugar. El portón se abrió, apareciendo la mujer de negro. Con paso cansino empujaba una silla de ruedas destartalada, con un hombre inerte encima.

La misteriosa mujer ya no se cubría con el velo, dejando ver un rostro muy pálido. Nos miró con sus brillantes ojos negros que transmitían una intranquilidad asfixiante, después esbozó una sonrisa siniestra, dejando ver huecos en su dentadura amarillenta, y continuó lento su camino hasta perderse en medio de la oscuridad. El viento menguó.

—¿La recuerdas? —pregunté al observar que el portón se cerró.

—No. ¿Quién es? —dijo Blas desconcertado.

—Es la protagonista de aquel cuento de tu abuelo José.

Inmediatamente, Blas recordó a la siniestra mujer que fue por Rufino.

—¿A quién lleva? ¿A Pedro?

—No, Blas. En algunos casos, la muerte resulta un alivio y, por lo visto, Pedro aún no lo merece.

Blas se quedó pensativo observando el paisaje marchito que estaba frente a él.

—¡Vámonos, Blas! Es momento de dejar huellas en otra parte.

—Estoy muerto, Juanjuín —respondió Blas acongojado—. ¡Ya no puedo dejar más huellas!

—Estimado amigo, las huellas en el camino no terminan con la muerte. Yo seguiré narrando tu historia y otras más, pero ahora la tuya, será contada en otra dimensión.

Glosario de términos

Esta forma de expresarse ocurre en algunas regiones de México, principalmente en el norte del país.

- **¿De qué la giras?** Se utiliza para preguntar a qué se dedica.

- **Bato o vato.** Manera coloquial de referirse a un hombre.

- **Broncota.** Gran problema.

- **Canijo.** Es para referirse a una persona, regularmente para demostrar afecto, aunque también se pude utilizar como insulto.

- **Cantón.** Sinónimo de casa u hogar.

- **Cargar la chingada.** Amenaza de muerte vulgar.

- **Chamacos, chavalos, chavillos.** Forma de llamar a los niños.

- **Chingazo, vergazo.** Palabras vulgares para referirse a un golpe o choque.

- **Chuco.** Se usa para referirse a EUA, aunque antes solo era para mencionar una ciudad en específico, ahora se utiliza para cualquier lugar estadounidense.

- **Comal.** Es un instrumento o plancha de acero donde se calientan alimentos.

- **Contras.** Así le llaman los narcos a sus enemigos.

- **Culero.** Se le llama así una persona nefasta, pero también se usa para referirse a algo desagradable.

- **Desmadre.** Caos.

- **Encabronar.** Sinónimo de enojo o enfado.

- **Gacha.** Se refiere a feo.

- **Gatos.** Forma despectiva de llamar a empleados o colaboradores.

- **Gorrones.** Manera de referirse a los que van a fiestas o reuniones, pero no aportan nada y consumen lo que hay.

- **Guanga o guango.** Cuando algo ha perdido resistencia por exceso de uso.

- **Güerito.** Para referirse a una persona de tez blanca.

- **Güey.** Coloquialmente se le llama a una persona en México. Aplica en distintas situaciones.

- **Jale.** Trabajo.

- **Jefa o jefe.** Sinónimo de madre o padre.

- **Kermés**. Evento al aire libre donde hay puestos donde venden comida principalmente.

- **Lana.** Dinero.

- **Mamilas**- Modo vulgar para decirle a una persona que es arrogante.

- **Mero mero.** Se utiliza para referirse a una persona poderosa, incluso a Dios.

- **Mojado.** Así se les llama a las personas que pasan de manera ilegal a EUA.

- **Morra.** Regularmente se utilizan para referirse a una novia o esposa.

- **Neta.** Verdad.

- **Pedo.** Tiene distintos significados, entre otros, puede ser flatulencia, problema o para expresar que no hay otra opción.

- **Perrada.** Es un sinónimo de muchedumbre.

- **Pinche.** Palabra coloquial, que sirve para expresar emociones negativas y positivas.

- **Piruja.** Manera de llamarle a una persona que es infiel o también a una prostituta.

- **Quebrada.** Permiso o autorización para realizar algo

- **Retecontento.** Muy feliz.

- **Trompos.** Lo utilizan como sinónimo de pelea callejera.

- **Trozar.** Esta palabra la utilizan algunos criminales del norte del país como sinónimo de despedazar.